UN HOMME HEUREUX

© 2024 Julien Sabidussi
Édition : BoD • Books on Demand GmbH, In
de Tarpen 42, 22848 Norderstedt (Allemagne)
Impression : Libri Plureos GmbH,
Friedensallee 273, 22763 Hamburg
(Allemagne)
ISBN : 978-2-3224-7789-0
Dépôt légal : octobre 2024

CHAPITRE 1

UN ADIEU

C'était inévitable. Comme une évidence que l'on se refuse d'admettre. J'ai appris sa mort ce matin tôt, par un coup de téléphone quelque peu intriguant, me laissant un soupçon d'appréhension. J'ai reçu les mots sans les concevoir, sans en saisir le sens. Ils n'étaient, à cet instant, rien de plus que des mots. J'ai fini par raccrocher le téléphone, et, nonchalamment, ai pensé qu'il était l'heure de partir effectuer mes courses alimentaires hebdomadaires, comme si de rien n'était, comme si cet appel n'avait jamais intégré le cours de ma réalité. Je me suis dirigé vers mes grands sacs à l'effigie de la chaine de magasins au sein de laquelle je vais depuis que je me suis installé dans cet appartement situé plein centre de cette petite ville agréable qu'est Bettembourg, à quinze minutes de train de la capitale luxembourgeoise, de l'autre côté de la frontière. Je me suis avancé vers ces deux grands sacs, me suis baissé afin de les saisir, et, tout à coup, je me suis effondré. Littéralement. Lamentablement. Je me suis retrouvé les genoux sur le carrelage à sangloter continuellement dans le silence qui est le mien face à la douleur lorsqu'elle m'enivre aussi violemment. C'était à cet instant que j'ai réalisé. Mon cerveau venait d'intégrer la teneur de ce fait. *Ma grand-mère était morte*. Mamie Odetta, cette femme rustre au caractère véhément mais d'une extrême bonté de cœur, au phrasé chantant et reconnaissable entre mille, cette femme ayant souffert la majeure partie de son existence, méprisée, bafouée, exploitée… cette femme foudroyée par la mort de l'homme ayant partagé sa vie pendant cinquante longues et belles années, avant de s'être vu dépérir lentement, douloureusement, mois après mois, dans l'agonie d'un corps qui l'abandonnait fatalement. Cette femme a rejoint les cieux, quittant cette terre de misère, cet enfer infâme pour qui ne née pas du bon côté de la rivière, afin de recouvrer les êtres partis avant elle, ces êtres qu'elle a tant aimés, et dont elle a tant souffert l'absence des années durant. Mamie Odetta, ce n'était pas qu'une femme, une simple mamie. C'était un personnage de dessin animé incarné en chair humaine comme un miracle qui nous avait été donné afin de cueillir, le temps d'un weekend, d'une semaine, ou de quelques heures, suffisamment d'innocence, de bienveillance et de rires à gorges déployées pour que les torpeurs, les injustices, les drames et les douleurs de la vie quotidienne dans ce monde gris et terne nous paraissent finalement surmontables. Malgré son tempérament volcanique et sa voix puissante, je n'avais rarement rencontré autant de tendresse, de luminosité, de gentillesse dans la plus pure expression à l'intérieur d'une seule et même personne. Enfant ou pendant mon adolescence, je souffrais beaucoup de l'absence de dialogue, d'affection et de soutien de la part de ma mère, un être que j'ai pourtant toujours admiré. C'était dans les bras de Mamie Odetta que je trouvais refuge. Les séjours chez elle ainsi que mon grand-père Aldo me faisaient l'effet de journées portes ouvertes au Paradis. Avec mamie Odetta, mon insécurité, mes angoisses, mes douleurs et cette tristesse qui vivaient en moi depuis toujours s'évaporaient à l'instant où je franchissais la modeste entrée de cet appartement situé dans les H.L.M d'une petite commune de la région parisienne. Elle se tenait là, bras tendus et ouverts, souriant aux éclats, acclamant ma venue comme si le Roi d'Angleterre en personne lui rendait visite. Moi qui dans ma vie quotidienne d'enfant apeuré et souffrant puis adolescent traumatisé, ne me sentait pas exister ni compter pour qui que ce soit ; durant ces instants fugaces, je me sentais enfin vivre, porter un nom, être moi, une véritable personne à part entière. Mamie Odetta était un antidote. Plus tard, elle s'est montrée d'un grand soutien sans faille, lorsque la galère financière, professionnelle ainsi que la dépression m'eurent submergé des orteils jusqu'au cou. Lorsque tous les amis de façade eurent oublié mon existence et que certains membres de ma famille plus ou moins éloignée creusaient le trou de mon cercueil, mamie Odetta était là, fidèle à elle-même. Elle était heureuse de me voir, de m'entendre au téléphone, et tenait parfois quelques mots de réconforts, des paroles sages de ces gens simples qui ont trop vécu. Elle ne pouvait m'offrir davantage, mais ce fut déjà beaucoup. Ces dernières années, devenu un homme à proprement parlé, je me suis tenu à son chevet durant chacun de mes congés, comblant la distance comme je le pouvais, afin de lui rendre, modestement, tout ce qu'elle m'avait apporté durant ces trente longues années où j'avais eu l'honneur de la côtoyer. Aujourd'hui, mamie Odetta nous a quitté. Le moment était venu d'abréger cette souffrance inutile qu'elle subissait depuis bien trop longtemps. Cette souffrance, je l'ai perçue, je l'ai ressentie à chaque instant. Chaque seconde, chaque respiration, chaque pas, chaque tâche des plus basiques étaient devenues des épreuves. Habituée à survivre au travers d'une vie de misère, de maladies mal traitées et de blessures de l'âme aucunement considérées, elle s'était résignée et acceptait sa sentence. Chaque fois que je l'observais, je me demandais comment je pouvais me plaindre, être triste, me sentir malheureux, moi qui étais jeune, en bonne santé et profitait d'une situation correcte. Je culpabilisais. Pourtant, aucun malheur ne se compare, car chaque histoire est unique et seule la souffrance compte. Que l'on ait connu la guerre, ou que l'on ressente un vide immense depuis que notre ex nous a quitté ; le point commun est la souffrance. Toutefois, assister à ces ouragans de douleur auprès de cette femme que j'aimais tant me faisait l'effet d'un poignard planté au cœur, que l'on sortait au milieu de ma chair déchirée avant de le planter de nouveau avec la plus grande cruauté. Mamie Odetta nous a quitté. Repose en paix, du repos le plus majestueux qu'il puisse être possible d'expérimenter…

J'ai immédiatement prévenu ma supérieure hiérarchique, madame Claudine, à la boutique alimentaire dans laquelle je travaille depuis plus de quatre ans désormais. Cette dernière, femme au tempérament particulièrement prononcé faisant office de carapace protégeant un cœur grand comme le monde et une sensibilité des plus touchantes, m'a offert sa compassion sincère et accordé une semaine de congés sans une once d'hésitation. Durant ma vie, je n'ai pas eu la chance de rencontrer beaucoup d'êtres humains particulièrement bienveillants ni équilibrés psychologiquement, ce qui a eu l'effet de me rendre parfois sombre et déséquilibré à mon tour ; toutefois il existe des rencontres qui changent le cours de notre existence, et madame Claudine est de cette trempe-là. J'aurais probablement l'occasion d'en dévoiler les raisons un petit peu plus tard…

J'apprends au fil des heures de cette journée me semblant plongée au fin fond d'un mauvais rêve que les obsèques sont prévues dans trois jours. Je cours donc acheter mes billets de train et me prépare mentalement à cette rude épreuve qui s'annonce. Au téléphone, mon père, fils de mamie Odetta, a éclaté en sanglots. Etrangement, je suis parvenu à le réconforter, à maitriser mon émotion. C'était au repas du soir, mangeant seul autour de cette longue table arpentée d'une nappe jaunâtre fleurie de petits graphiques assez typiques des nappes de grands-mères – qui appartenait bien évidemment à mamie Odetta-, que je me suis projeté de nouveau chez elle, dans son appartement à la décoration d'après-guerre, partageant un bon repas à ses côtés, profitant de ses exclamations de joie continues à chaque bouchée, elle qui aimait tant la bonne nourriture, qui aimait tant manger avec les gens qu'elle aimait d'un amour qu'aucun mot ne pouvait décrire… elle qui aimait la vie, dans sa plus simple expression. Durant ce moment, plongé dans cette solitude qui soudainement m'a semblée pesante, j'ai de nouveau croisé son regard empli de fierté, me répétant inlassablement à quel point elle me trouvait brave, fort et intelligent, disait partout autour d'elle qu'à ses yeux, j'étais un roi (rien que cela) et à quel point elle admirait le chemin que j'avais parcouru ces dernières années. Je me suis souvenu de ce que je ressentais, lorsqu'elle me disait ces mots. Un torrent parcourant mes entrailles jusqu'à caresser délicatement ma gorge, et ma réponse qui ne parvenait à sortir de ma bouche, par pudeur, probablement. Je me suis entendu penser à quel point je l'aimais, à quel point j'étais fier d'être son petit-fils, à quel point je la trouvais courageuse, et combien sa présence et sa chaleur m'aidaient, me faisant office de bouffée d'oxygène hors de mon quotidien qui m'épuise parfois. Mes mots restaient dans ma gorge et dans mon cœur, figés par l'émotion. Je me contentais de la fixer, les yeux humides, hocher la tête en guise de remerciement, et lui sourire. Toute la scène s'était rejouée dans mon esprit au milieu du silence de ma solitude, et c'est alors que je me suis effondré de nouveau, pleurant toutes les larmes de mon corps. Mamie, si tu savais comme je t'aime…

Je cherche à rationaliser, à maîtriser la peine qui me fissure. Elle avait quatre-vingt-cinq ans. Ce n'est que le cycle logique des choses de la vie et de la mort. Ce n'est donc pas un drame à proprement parler. Cela devait arriver. Elle souffrait tellement… parfois, j'en viens même à ressentir une forme de délivrance. Souffrir pour souffrir, sans solution, sans remède, n'a aucune vertu, aucun intérêt, sinon une forme de sadisme malsain dont la vie sur Terre fait bien trop souvent preuve à mon goût. La laisser partir est le meilleur cadeau que je puisse lui offrir dorénavant. Mais il va me falloir du temps.

La mort n'est jamais douloureuse pour les êtres qui l'affrontent mais plutôt pour ceux qui vivent et la côtoient. La mort nous prive d'êtres précieux qui donnent sens à une existence qui, intrinsèquement, n'en a aucun. La mort a ce don de nous arracher le cœur qui battait essentiellement au rythme de ceux que nous aimons, et qui, une fois son œuvre effectuée, bat dans le vide que l'absence dessine. La mort nous oblige à composer avec ce vide et le remplir par quelque manière que ce soit, sous peine de plonger dans les bas-fonds de notre psyché et ne plus ressentir le goût savoureux que la vie peut contenir lorsque nous sommes en capacité mentale et physique de l'expérimenter à sa juste valeur. Aussi douloureuse et angoissante que puisse être la mort pour les vivants, elle n'est cependant que rarement synonyme de fin. Elle n'est qu'une blessure qui s'ajoute à d'autres. Cela va de la petite entaille jusqu'à l'hémorragie, selon les histoires ainsi que les liens qui nous unissent et nous appartiennent. Mais la vie continue son chemin, et nous nous devons, en l'honneur de nos morts, de nous y agripper et nous laisser porter parce que la vie est le plus grand miracle qui puisse exister. Ce cœur qui bat dans notre cage thoracique et cet air emplissant nos poumons est ce que nous possédons de plus précieux et mérite tous les combats.

Deux jours plus tard, je fus de retour au bercail, dans la maison de campagne qui m'aura vu grandir, à cinq-cents kilomètres de mon environnement d'adoption, rejoignant ainsi mon pauvre père au regard ombragé où les larmes peinèrent à se tenir sages aux bords de ses fragiles paupières. Je retrouvais également ma mère, me souriant jusqu'aux oreilles, le regard plein de vie, malgré les circonstances, visiblement enchantée de ma présence après de longs mois d'absence causée par la distance géographique et un emploi dans le domaine du commerce croquant constamment la moitié de mes weekends. Enfin, s'est jetée dans mes bras à travers l'hystérie qui la caractérise jusque dans ses pores, ma petite sœur, Dana. Ce grand bout de femme à l'allure éternellement juvénile, la silhouette menue, un regard tristoune camouflé derrière ses lunettes, et une énergie magistrale à n'importe quel moment de la journée, capable de lâcher des bêtises incommensurables, ciblant très souvent sous la ceinture, en improvisation des plus spontanées, sans jamais craindre la panne d'inspiration. Ce grand bout de femme que j'ai vu grandir, que j'ai vu subir, dont j'ai perçu les failles et que j'ai vu sombrer face à mon impuissance déchirante durant nos adolescences respectives, que j'ai tenté de sauver, d'accompagner, avec mes faibles moyens, mes petits bras et toute ma bonne volonté, et malgré ses mots, parfois, qui m'ont profondément blessés, dans l'expression de sa souffrance atroce, de ce monstre qui lui rongeait les tripes et qu'elle seule pouvait anéantir une bonne fois pour toutes. Observer l'un des êtres que l'on aime le plus au monde s'autodétruire est l'une des choses les plus difficiles à expérimenter. Par chance, ou plutôt grâce à sa force mentale sans égale, ma petite sœur est parvenue à prendre le dessus dans le combat de son existence. Elle est parvenue à dompter le monstre et depuis, se reconstruit, morceau par morceau, malgré les difficultés constantes qu'elle peut rencontrer dans sa vie de jeune femme. Elle se doit à la fois de lutter contre ses démons du passé qui ne meurent jamais, et trouver sa place dans le présent, créer son épanouissement dans un environnement où les perspectives d'avenir sont proches du néant, qui plus est après un parcours scolaire chaotique, et trouver cet homme qui saura la porter vers les sommets de son immense potentiel vis-à-vis des qualités humaines qui sont les siennes, chose particulièrement délicate dans un environnement où la majeure partie des gens vivent avec des problématiques psychologiques plus ou moins importantes en raison d'une qualité de vie difficile, jonchée de précarité, de désillusions, parfois de violences, de sentiment d'abandon, et trouvant refuge dans les substances toxiques faute d'aspirations à conquérir. Le monde de la ruralité et des petites villes pauvres françaises, en dehors des zones touristiques ou des régions à l'identité forte, est un monde aussi attachant que destructeur. La vie s'y déploie au ralenti et chaque volonté, chaque mouvement du quotidien est rempli de contraintes et de profondes difficultés. Il suffit de se promener dans les rayons ou les parkings des grands supermarchés de ces zones commerciales peuplées de grands hangars gris et impersonnels faisant office de seules attractions pour les habitants des vingt kilomètres à la ronde, y observer les gens, ces « petites gens » simples et modestes, percevoir leurs regards éteints, ces regards qui ne croient plus en rien, ni en la religion, ni en la politique, ni aux rêves, ni à l'amour, ni quoi que ce soit, qui vivent sans vivre et au fond, attendent la mort comme une délivrance, tant l'existence qui est la leur ne profite d'aucune saveur, lorsqu'elle ne fait point office d'un immense sac rempli de pierres de vingt kilos chacune à trimballer sur le dos du lever jusqu'au coucher. Ces gens ne cesseront jamais de me toucher. Je suis parti parce que j'aspirais à une vie meilleure, mais les bagages que j'ai emporté de ce monde-là ne me quitteront jamais et vivront éternellement à mes côtés.

Le lendemain, nous partions direction l'Essonne, en région parisienne, rejoindre la petite commune qui aura épousée la majeure partie de la vie de mamie Odetta. La mise en bière, d'abord, où nous retrouvions son corps maquillé et le bas de son visage trouvant une expression qui ne lui ressemblait pas, tous coincés dans une pièce à la température glaciale, d'un froid terrible causé par une climatisation beaucoup trop forte plus que de raison. Nous entourions mamie Odetta, dans le silence du recueillement, et l'observions de longues minutes durant, emmitouflés dans nos manteaux hivernaux, claquant des dents, tant ce froid y fut insoutenable. Mon père s'est littéralement effondré, ma sœur m'a alors fixé avec appréhension, s'attendant à ce que j'en fasse de même, mais de manière surprenante, je me suis contenu dans une résilience, une forme d'acceptation que je me suis fabriqué. Accepter l'idée que tout a une fin, et qu'elle avait eu la chance, si on peut appeler cela ainsi, de vivre vieille malgré toutes les épreuves endurées. Je l'observais constamment, ne parvenant à comprendre comment nous pouvions évoluer dans cette situation après l'avoir vue dans une forme presque olympique – prenant en compte son âge avancé et son état de santé -, retrouvant son cocon, son appartement après des mois d'hospitalisations, libérée de sa machine à oxygène et de ses violentes douleurs nocturnes ne serait-ce que deux mois plus tôt. Si l'on m'avait prévenu, ce jour-là, que ce serait la dernière fois que je la rencontrerais vivante, je ne l'aurais pas cru. A mes yeux, elle était sortie d'affaire et pouvait profiter de plusieurs années de vie encore. Le destin en a décidé autrement, s'est acharné sur son corps une fois de plus, les personnes autour d'elle, payées pour prendre soin de son évolution, l'ont laissé sombrer lamentablement, vivre dans des conditions indignes d'une personne humaine, sans la moindre considération. Voilà tout ce que nous sommes pour notre magnifique monde. Un chiffre, un compte bancaire, des petites mains à exploiter tant qu'elles le peuvent, et à jeter comme des poids indésirables à la seconde où notre âge et notre santé ne permettent plus de subir les affres du capitalisme et de notre société occidentale individualiste au possible et matérialiste jusqu'au bout des ongles. Ici, dans la France d'aujourd'hui, mieux vaut respecter les règles suivantes si l'on compte garder un semblant de dignité : ne jamais être vieux, ne jamais être pauvre, ne jamais tomber malade. Conseil d'ami.

Quittant cette pièce au froid polaire et le visage de mamie Odetta, nous nous sommes dirigés ensuite jusqu'au cimetière de la ville, à quelques centaines de mètres de son immeuble, où une poignée de personnes attendaient le début de la cérémonie, avec les visages de circonstance. Quelques membres de la famille, des voisins, une des rares aide-soignante ayant correctement effectué son métier et qui s'était visiblement profondément attachée à elle… je remarquais toutefois l'absence d'une certaine personne. Un être de lumière que Dieu a mis sur la route de ma grand-mère, donnant tout, absolument tout ce qu'elle pouvait donner, tous les jours sans aucune exception, des semaines, des mois et des années durant, afin de combler les manquements des professionnels qui n'ont de professionnels que le titre. Cette femme, Lusinda, petite et robuste, la peau ébène, l'accent cap-verdien très prononcé, les joues pleines et le regard lumineux malgré une vie déplorable qu'elle porte sur les épaules sans un bruit, évoluant dans l'ombre comme toutes ces héroïnes du quotidien que notre magnifique société exploite et martyrise à souhait, cette femme simple, ne demandant jamais la moindre faveur, trop habituée à ne rien recevoir, prête à donner sa vie pour qui souffre davantage qu'elle-même, cette femme, oui, cette *grande* femme, n'est point présente. Cela me turlupine. La cérémonie débuta. L'émotion fut à son comble. Le maitre de cérémonie dévoila un texte poétique et solennel, avant que la première chanson fasse son apparition. Les larmes coulaient déjà, pendant que je parvenais à garder la tête froide, toujours pris dans cette résilience me faisant office de mécanisme de défense pour mieux affronter cette profonde tristesse, ce vide qui me rongeait. Ma petite sœur s'est ensuite placée au centre, devant le cercueil fermé, afin d'y lire sa lettre à haute voix. L'émotion fut trop forte, elle craqua, ne parvenant à dépasser la deuxième phrase. Elle me fit signe, m'appelant à venir lui prêter main forte, ce que je fis sans hésitation, comme le grand-frère protecteur et rassurant que j'ai toujours tenté d'être pour elle. Je lui caressai tendrement le haut du dos, lui offrant un semblant de force lui permettant finalement d'achever la lecture non sans mal, non sans larmes, à travers laquelle elle exprima le lien puissant qui l'unissait avec cette mamie Odetta, qui était à ses yeux une grande amie, une confidente, un soutien indélébile, et une source de joie permanente. La lecture touchant à sa fin, ma petite sœur, fidèle à elle-même, lâcha un « Oh putain ! » d'éreintement causant les gros yeux amusés du maitre de cérémonie, avant de trébucher sur les bords d'une autre tombe située juste derrière elle, me poussant à réaliser un geste réflexe afin de parvenir à la rattraper, sous les regards circonspects de l'audience. Dana possède cette magie que seuls les êtres nés d'un système solaire éloigné peuvent témoigner, et cela ne cessera jamais de me surprendre et me permettre de retrouver, le temps d'un instant, cette âme d'enfant trop souvent cadenassée par la dure réalité du monde des adultes.

Vint ensuite la seconde chanson, terminant d'achever les entrailles de toutes celles et ceux pour qui mamie Odetta signifiait quelque chose, avant de me voir avancer à mon tour aux côtés du maitre de cérémonie, y lire ma lettre. Aimant les mots et la littérature, je fus, sans surprise, particulièrement à l'aise dans cet exercice, mais se mettre à nu et exprimer des sentiments forts enfermés dans notre intimité, et ce devant une audience qui, pour la majorité, ne fait point partie de notre cercle proche, reste un acte particulièrement délicat. Je ressentis une profonde libération lorsque vint ma dernière phrase, percevant l'émotion se coincer dans ma gorge, puis s'atténuer en reprenant le contrôle par le mécanisme de défense auto-construit. Le maitre de cérémonie prit de nouveau la parole, sous les sanglots de mon père absolument dévasté, proposant à chacun de déposer des pétales de fleurs colorées sur le cercueil désormais enfoncé dans ce qui lui servira de cocon étroit et étouffé, que nous pouvions encore percevoir pour quelques instants seulement. Nous nous approchâmes, chacun notre tour, observant une dernière fois ce qui restait de mamie Odetta, y déposâmes nos pétales, prononçâmes un dernier à Dieu du bout des lèvres, puis nous écartions, certains en larmes, d'autres comme moi parvenant à se contenir encore, malgré la peine qui me dévorait. Nous retournâmes d'un pas lent en direction de l'entrée du cimetière, lorsque, contre toute attente, une silhouette familière avança vers nous, le visage fermé, le regard fragile, empli tant de culpabilité que de douleur. Lusinda. La pauvre n'avait pas bien saisi l'heure et le lieu exact du déroulement de la cérémonie, et attendait à l'autre bout du cimetière, cherchant vainement où nous pouvions nous trouver. Cette dernière, avançant péniblement, le dos courbé, approchant peu à peu mon père ainsi qu'un membre de la famille très proche de ma grand-mère, s'écroula brutalement, hurlant d'une douleur pénétrante, profondément déchirée par la perte de cette dame qu'elle considérait comme son amie à part entière. Ses hurlements me déchirèrent le cœur, me ramenèrent aux souvenirs desquels j'ai pu témoigner de la souffrance constante que ma pauvre mamie dut subir inlassablement et contre laquelle je ne pouvais rien. Les cris de Lusinda semblèrent soudainement être les miens, restant coincés en mon antre dans un silence que je connais si bien, sentant subitement les larmes danser sur mes joues et mon estomac se serrer violemment. Je ne maitrisais plus rien, l'armure était fêlée. Plus aucune résilience, plus aucun mécanisme de défense. J'étais de nouveau l'enfant blessé, apeuré, angoissé, trop sensible dans un environnement où pleurer ne peut être une option, et exprimer ses sentiments équivaut à de la faiblesse. Les sanglots terribles de cette femme couvrirent la tempête qui me submergea, pendant que ma mère accourut à mon chevet, sous l'indifférence visible de mon père qui ne daignait à peine m'adresser un regard, s'éloignant au loin, me laissant dans ma solitude et ma peine comme à son habitude. Mes émotions et la souffrance éprouvante qui ont été miennes depuis mon plus jeune âge ne l'ont jamais intéressé. Lui ne percevait en moi qu'un potentiel un peu à part, un être qu'il ne comprenait pas mais dont il aimait la singularité, les moments de rire partagés, puis ses désirs refoulés et ses névroses qu'il transposait sur mes maigres épaules comme une seconde chance dans cette vie qu'il a constamment vécu comme un échec cuisant. Ce que j'étais véritablement n'avait aucune importance, et savoir comment j'allais, ce que je vivais était le cadet de ses soucis. Tout ce qui avait toujours compté, était que je gardais cette image d'enfant à part, doué, précoce, capable de belles choses, et sourire, ne rien montrer, ne jamais se plaindre, ne jamais être fatigué, ne jamais être triste, ne jamais avoir peur. Ne jamais exprimer à quel point ses mots, d'une extrême dureté, ont pu m'atteindre ; à quel point sa présence constante m'étouffait, lorsque mes compétences musicales avaient éveillé en lui l'image d'un ticket de loto gagnant pour l'avenir ; à quel point sa colère noire, son regard de psychopathe m'effrayaient, et la façon dont il traitait ma sœur m'insupportait au plus haut point ; son manque de considération, d'affection véritable pour ma mère insufflait en moi un goût de révolte. Cet homme que j'ai toujours pensé profondément pathologique a été un poids monumental dans ma vie d'enfant, d'adolescent puis de jeune adulte, ce jusqu'au départ, dans l'année de mes vingt-cinq ans. Cependant, malgré tout le ressentiment légitime que j'ai toujours éprouvé à son égard… je n'ai jamais pu m'empêcher de l'aimer. Lorsque sa maladie mentale non traitée s'éloigne de sa surface, il est capable de se montrer d'une grande sympathie, d'une drôlerie infaillible, d'une conversation relativement profonde et intéressante, et peut se révéler, parfois, d'une grande sensibilité, d'un amour sincère à mon égard, probablement l'un des seuls véritables amours qu'il ait pu éprouver dans sa vie. Le temps et la prise de conscience ayant fait leur œuvre, j'ai pu toutefois notifier une certaine évolution des plus appréciables de sa part. Ce qui est fait est fait et rien ne pourra l'effacer, mais l'une des valeurs premières pour un chrétien est la force du pardon. Je t'aime, papa, mais par pitié, soigne-toi…

Les jours passèrent et je me préparais à revenir dans mon monde d'adoption, celui que j'ai choisi. Je profitais des derniers instants avec ma mère, savourant avec elle une relation de confiance, de dialogue et d'affection pleinement retrouvée depuis ma vie d'adulte, et bien sûr quelques franches rigolades et chamailleries enfantines avec ce bout en train insaisissable mais ô combien attachant qu'est ma petite sœur. J'embrassai une dernière fois les deux chats Elmo et Foufou, l'un plus petit et de la chaleur d'une peluche, le second plus grand et, comme son nom l'indique, quelque peu imprévisible mais non moins adorable pour autant. Je ressens toutefois une certaine joie à l'idée de rentrer « chez moi », y ayant trouvé des sources de satisfaction dont mon environnement initial était totalement dépourvu. Mais les racines sont les racines, et on ne les coupe jamais vraiment.

CHAPITRE 2

BIENVENUE DANS MON MONDE

En rentrant chez moi, j'ai ressenti un mélange d'excitation et d'amertume, sachant ce que j'allais y retrouver. J'aime la ville dans laquelle je réside, j'aime profondément le Luxembourg, ce pays qui m'a permis d'acquérir cette stabilité dont je souffrais le manque, de progresser dans mon travail mais aussi en tant qu'homme, et dans lequel j'ai pu faire des rencontres magnifiques, des gens que je ne pourrais jamais cesser d'aimer. Mais comme aucun pays ni lieu que ce soit ne peut prétendre toucher la perfection, le Luxembourg ne fait point exception. La vie y est extrêmement chère, et les problèmes graves que subissent l'ensemble des pays occidentaux touchent également de plein fouet ce petit pays dont la plupart des gens ne savent rien ou si peu. J'y reviendrais…

Lorsque j'ai ouvert la porte de cette grande maison de trois étages que je partage avec des gens qui, au départ, m'étaient totalement inconnus, et ce pour des raisons évidemment économiques car se loger dignement dans ce pays est un luxe incommensurable ; je suis immédiatement tombé nez à nez avec Samantha, la concierge, me causant, comme à l'habitude, un mouvement de sursaut et une sensation de malaise palpable. Frôlant la cinquantaine, la silhouette particulièrement forte, l'allure négligée, le visage marqué par la mal-vie, le phrasé digne des mineurs dans « Germinal » d'Emile Zola, cette dernière possède également les qualités de mesquinerie, de jalousie, d'une faculté presque maladive à critiquer et dénigrer son prochain, et, pour couronner le tout, a littéralement flashé sur moi au point de tenir un comportement des plus douteux et déplacé chaque fois que je lui en donne l'occasion. Ce jour-là ne fit point exception. Je me suis figé brusquement en sentant sa présence et son corps se coller à moi, ventre vers l'avant, jusqu'à me propulser dos au mur, me dévisageant comme une prédatrice devant son prochain dîner, avant de l'entendre me dire quelques mots faussement compatissants en lien avec le deuil que je traversais. Comment avait-elle su que je venais de perdre ma grand-mère ? Je n'en savais fichtrement rien, mais comme cette femme a le don de poser des yeux et des oreilles partout, je ne m'en suis aucunement étonné. Je l'ai platement remercié, mimant un sourire gêné, avant de prétexter devoir y aller urgemment, probablement que ma basse et mon synthé ne pouvaient plus tenir une seconde de plus en mon absence. J'ai commencé à me diriger vers ma porte au fond du couloir, au rez-de-chaussée, lorsque j'ai eu le malheur de croiser un de mes voisins, Edouard, qui lui, descendait au même moment – que la vie est injuste-. Un grand bonhomme frôlant le mètre-quatre-vingt-dix, le corps échancré par le laisser-aller qu'il porte sur lui comme son plus fidèle compagnon, les cheveux longs, gras, désordonnés, la barbe de six mois profitant visiblement d'une grande liberté, à tel point que les poils ne semblent plus savoir dans quelle direction s'orienter tant la main de l'homme ne s'y est plus aventurée depuis des lustres. Affichant un vieux t-shirt délavé à l'effigie de Coca Cola, un baggy hideux et tombant, la moitié du caleçon apparent, le tout dans une posture de fatigué de naissance, coloré par une expression d'imbécile heureux toutefois amusante, la voix caverneuse et le phrasé offrant un curieux mélange d'aristocratie et de hip-hop ringardisé. Le voyant arriver à mon niveau, je me suis arrêté, camouflant un « roh, fait chier… »

heureusement resté entre mes lèvres, et lui ai souri d'un sourire de façade que la politesse et le savoir-vivre m'ont inculqué. Il s'est alors approché très près, comme à son habitude, me faisant profiter de ses effluves peu flatteuses, n'a prononcé aucun mot concernant la raison de mon départ, et au contraire, s'est amusé à me montrer les photos de sa voiture B.M.W à laquelle il venait d'ajouter des flammes le long des portières. Edouard est un ovni. Le genre d'énergumènes que l'on observe avec inquiétude, parfois, sans en saisir la provenance. Un personnage qui gagnerait foncièrement à être connu. J'ai fait l'effort de regarder ses photos, de lui offrir des exclamations de surprise, des « ah ouais, pas mal ! C'est cool, dis-donc ! », ce qui l'a motivé à m'en montrer encore davantage, comme les gentes de couleur or sur les roues-avant, ou bien l'immense sono posée dans toute la partie arrière. J'étais piégé. Je mourais d'envie de lui dire « écoute, mec, je t'aime bien, mais là, je viens de pleurer l'équivalent de deux litres de larmes en enterrant l'une des femmes qui m'est le plus cher, alors, tes histoires de tunning, sincèrement, je m'en cogne, mais à un point que tu ne peux pas concevoir. Laisse-moi rentrer chez moi, s'il te plait, Edouard. Ce n'est pas méchant, mais vraiment. Laisse-moi tranquille. » mais les mots sont restés coincés, parce que je suis trop bien élevé pour risquer de blesser quelqu'un qui, au fond, souhaite simplement partager ce qu'il aime avec un voisin sympa… J'ai donc attendu qu'il ait fini, et cela a semblé durer une éternité. Une fois libéré d'Edouard, j'ai donc couru jusqu'à mon appartement, espérant ne plus être importuné par la folie généralisée de cette maison, lorsqu'une voix féminine fit son apparition. Une jolie voix, douce, légèrement suave. Un « Bonjour, Jérôme » qui semblait venir d'ailleurs, d'un lieu où une telle finesse aurait véritablement sa place, serait valorisée à son juste mérite. Je me suis alors tourné et croisé le regard de Katelyn. Comme de coutume, mon sang n'eut fait qu'un tour, mon pouls accéléra subitement, et cette pointe d'agacement et de malaise qui m'eut enivré depuis mon entrée ici s'était évaporée à la seconde. Elle se tenait là, devant sa porte voisine au même étage que le mien, me fixant de son regard gris-vert d'une profondeur exquise, dévoilant une sensibilité à fleur de peau, les pupilles pétillantes comme le reflet d'un soleil d'été éclatant sur les vaguelettes apaisantes de l'océan. Elle me souriait, d'un sourire absolument ravageur, le genre de sourires qui vous donne foi en la vie, qui vous donne l'énergie de vaincre n'importe quel Diable se trouvant sur votre chemin, le genre de sourires qui vous fait oublier la douleur de la perte, de la mort et de ce qui ne sera plus. Je suis resté presque statique, lui offrant probablement un visage rayonnant contrastant avec l'émotion qui était la mienne ne serait-ce que deux minutes plus tôt, et me suis contenté d'abord de la regarder de longues secondes, afin d'admirer la beauté dans ce qu'elle a de plus grandiose. La beauté, la vraie, lorsqu'elle est devant nous, est probablement ce qui nous rapproche le plus de Dieu, de l'inaccessible, de ce plafond de verre qui nous sépare de cet idéal auquel nous aspirons afin de nous assigner tristement dans cette médiocrité et cette grisaille du réel qui nous consume. Observer le visage de Katelyn en cette période de doute, de peine et de profonde tristesse m'a fait l'effet d'un médicament surpuissant. J'ai soudainement repris goût en la vie. Elle s'est alors avancée d'un pas, m'a offert ses condoléances visiblement sincères, et m'a demandé avec le tact et l'empathie naturelle qui lui sont propres comment je me sentais. J'avais devant moi la seule et unique personne pour qui mon ressenti et mes états d'âmes semblaient véritablement compter. Bien sûr, cadenassé dans ma posture d'homme fort et protecteur, je me suis contenté de lui dire que j'allais bien, que c'était la vie, qu'il fallait accepter. Elle m'a alors souri de nouveau, de cette bouche irrésistible, et m'a délicatement pris la main, la caressant légèrement en signe de soutien et d'amitié. Cet instant a été des plus brefs, pourtant, cette fois, j'aurais aimé qu'il dure une éternité…

Après cet échange fugace mais ô combien revigorant avec Katelyn, j'ai finalement rejoint mon petit appartement, un brin usé par le voyage mais surtout les émotions intenses et douloureuses qui m'eurent consumé durant le séjour. Puis est venu le silence, profond, laissant place aux pensées qui s'enchainaient dans mon esprit tourmenté, puis cette sensation de solitude qu'il me fallut absolument atténuer. J'ai alors observé ma basse, ce bel instrument bien trop souvent boudé au profit de la guitare alors que son rôle est primordial et que les possibilités qu'il propose sont sans limites. Je l'ai prise avec le soin que l'on porte aux objets de valeur, ai branché l'ampli, inséré le jack, et commencé une improvisation légèrement mélancolique, d'abord, avant de partir sur du funk particulièrement endiablé. Mon mental a alors baissé la garde, a permis à mon esprit de voyager sans contrainte, parcourir le monde, le ciel, la Terre, les océans, les montagnes et les gratte-ciels, avant de replonger brusquement dans ce petit appartement de Bettembourg lorsque, tout à coup, le visage de mon autre voisin, Steven, est apparu à ma fenêtre. Les cheveux longs jusqu'aux lombaires, la barbe digne d'un membre du groupe ZZ Top, ce dernier se tenait là, le nez collé à la vitre, me fixant d'un air de serial killer, le léger sourire au coin de lèvre. Je l'ai alors fixé à mon tour, lui ai fait un signe de la tête qui pouvait autant signifier un « salut, voisin ! » que « qu'est-ce que t'as à me regarder comme ça, connard ? » et c'est alors que j'ai vu ce dernier n'exprimer d'abord aucune réponse, quelques longues secondes durant, avant de finalement dévoiler son majeur tendu en ma direction, le tout en me souriant d'un air faisant froid dans le dos. Il a continué de me fixer un long instant avant de s'évaporer aussi vite qu'il fut apparu. Bienvenue dans mon monde…

Quelques jours plus tard, je suis parti de chez moi avec une certaine joie au cœur à l'idée de partager de bons échanges, peut-être de franches rigolades, avec ces collègues faisant office de confidents et de partenaires de débats rappelant le temps des bistrots et de ces copains du milieu prolétaire qui refaisaient le monde en quittant leur dur labeur quotidien. Je suis sorti du train d'un pas élancé, ai traversé la gare de la capitale et ces neuf-cents mètres de marche qui me séparent de mon lieu de travail sans que parvienne à m'atteindre, cette fois, ce sinistre spectacle que me propose chaque jour la misère humaine. Si vous souhaitez découvrir le charme, réel, de ce beau pays qu'est le Luxembourg, mieux vaut ne pas commencer par le « quartier gare » de la capitale. Ici, le lieu est enlaidi par les multiples travaux en cours, les boutiques et restaurants baissent leur grille les uns après les autres, ceux qui résistent ne le feront plus très longtemps encore, les habitants ne reconnaissent plus leur quartier, autrefois doux et agréable, jonché de bureaux d'entreprises, de petits commerces de proximité et d'une relation globalement chaleureuse entre visages familiers du secteur. Désormais, la gare et les rues sont peuplées par ce que notre système économique inégal par nature ainsi que les manquements face aux drames familiaux et traumatismes à l'enfance produisent inlassablement, et se trouvent particulièrement visibles dans les toutes les grandes villes occidentales. La drogue et ses ravages sont omniprésents, du dealer jusqu'au toxicomane déphasé, la délinquance est en roue libre, les agressions et les vols sont quotidiens, et les nuits, dans ce quartier, ressemblent à l'abîme, plongeant dans un chaos absolument pitoyable. Traverser ce quartier le matin, lorsque le jour est levé, peut encore conserver un semblant d'attrait, la population globale étant active, jeune, essentiellement des étudiants, des cadres supérieurs, des sédentaires, ou des personnes âgées. Ce matin-là, j'ai fermé les yeux devant les sans-abris dormant dans des cartons au milieu de sacs remplis du peu qu'ils possèdent, j'ai fermé les yeux devant ces hommes perdus dans leur existence, déambulant avec peine, canette de bière à la main, gesticulant et prononçant des phrases inintelligibles, seuls, dans leur errance dramatique. J'ai effectué le trajet en me focalisant sur les jolies femmes que je pouvais croiser, le beau soleil scintillant dans ce ciel bleu rappelant les printemps paisibles qui me donnent envie d'aimer la vie, le monde, les gens, tout ce qui vit et tout ce qui existe, et suis finalement arrivé à destination, pénétrant l'arrière-boutique de ce commerce de proximité dans lequel je donne huit à neuf heures de mes jours depuis plus de quatre ans désormais. J'ai croisé bien évidemment madame Claudine qui m'a immédiatement offert ses condoléances et ses mots de réconfort, que je sais profondément sincères. En échangeant quelques minutes, ses yeux se sont rapidement embués, le deuil du premier homme de sa vie, à savoir son père, remontant tristement à la surface. Peiné, je lui ai alors offert également quelques mots, quelques gestes de soutien, comme le font les membres d'un club composé d'êtres blessés qui tentent, ensemble, de remonter la pente tant qu'ils le peuvent encore. Elle m'a ensuite annoncé devoir partir en réunion auprès de la direction de cette petite chaine de magasins luxembourgeois, sans en connaitre la raison. Je lui ai alors hoché la tête, lui ai souhaité bon voyage sur un ton ironique, et ai continué mon chemin afin de prendre mon poste, débuter ma journée, et retrouver les quatre autres personnes avec qui je partage cette aventure qu'est le fait de travailler en ce lieu. Pedro, un père de famille portugais de la génération de mes parents, avec qui les discussions tournent souvent autour de l'actualité, de la politique, avant de bifurquer vers des blagues que certains jugeraient douteuses mais qui ne sont rien d'autre que des blagues, ce dont notre époque moraliste et pseudo puritaine manque cruellement. Olivia, une femme italienne de la même génération que Pedro, rigolote, sensible, avec qui je partage mon goût pour la lecture et bien sûr les origines italiennes. Puis Florence, une mère de famille frontalière, gentille et discrète. Et enfin Carolina, elle aussi mère de famille, elle aussi de la génération de mes parents, et elle aussi d'origine latine. Du haut de mes trente ans, je fais office de bambin au milieu de cette équipe. Mais ces personnes sont dans mon cœur et rien n'y changera. Pas même les disputes, les chamailleries, les désaccords, les coups de sang. Cela fait partie de la vie, qui plus est lorsqu'elle est délicate. Ce matin-là, tout s'était passé comme à l'accoutumée, le débat autour du café avec Pedro, les échanges à propos de ma grand-mère avec Olivia, lui rappelant la perte de ses êtres chers, les nouvelles potentiellement survenues durant ma semaine d'absence, le tout au milieu de mes commandes à effectuer, de la tenue de mon rayon, de l'encaissement des clients en remplacement des multiples « pauses-clope » et « pause-café » de Pedro, les très jolies jeunes femmes déambulant dans les rayons et échangeant quelques mots, quelques sourires lorsque l'occasion le permet, les clients habitués qui viennent-là comme chez eux, à l'aise et faisant des accolades nourries avec les employés comme à des amis de longue date. Je me souviens avoir pensé, durant un instant d'accalmie, en observant l'ensemble de ce petit magasin chaleureux, lumineux et parfaitement agencé, à quel point je m'y sentais bien, malgré le quartier, malgré les difficultés et les tensions qui avaient pu, par le passé, m'enivrer de toutes parts. C'était à cet instant que madame Claudine est réapparue, les yeux rouges, la bouche tremblante, avançant vers nous comme un éclaireur ayant traversé la foudre ennemie tout le long du chemin. Nous l'avons observé, lui demandant ce qui pouvait bien y avoir pour lui provoquer cet état. L'appréhension était à son comble. Elle a alors prononcé, d'une voix fragile : « la direction nous a fait part des difficultés financières que nous rencontrons depuis un an maintenant, et… nous a annoncé que le magasin de la gare *allait fermer d'ici quelques mois*. » Cela m'a fait un tel choc que je peine à me souvenir des phrases qu'elle a pu ajouter ensuite. Une véritable sidération. Le silence. Ces mots que je ne suis pas encore parvenu à intégrer profondément dans le réel. Cela me semblait encore abstrait, lointain. Ce n'était pas possible. Inconcevable. Bien sûr que j'avais perçu la diminution quotidienne de l'affluence au sein du magasin. Bien sûr que j'avais remarqué la volonté de la direction de réduire le nombre de références et donc la taille des rayons de quasiment de moitié. Mais cela ne pouvait arriver. Il y avait forcément des solutions, des choses à faire, à tenter, à explorer. Des investissements à oser. Un tel potentiel ne pouvait se voir gâcher aussi lamentablement. Pourtant… c'était désormais officiel. La boutique allait fermer. Ce n'était plus qu'une question de mois. Vinrent alors les innombrables questions restant sans réponse. Quand ? Comment ? Qu'en sera-t-il ensuite ? Quelle vie après cela ? La brume embaumait soudainement les rayons.

Je vais être honnête et sincère. Cet emploi n'est, pour moi, qu'un emploi alimentaire. Mon goût pour l'art, pour la musique et les mots, essentiellement, ont animés mes rêves chaque nuit durant toute ma jeunesse. L'idée de s'endormir dans un petit magasin de proximité à remplir des rayons n'en faisait aucunement partie. Les échecs m'y ont conduit. Toutefois, en considération de mes années de galère à enchaîner les petits boulots, les petits contrats précaires et les salaires de misère qui en découlaient, les chefs tyranniques, les ambiances catastrophiques, les clans, les injustices, le harcèlement dont j'ai parfois été témoin, et la surexploitation des petites mains de prolos comme notre magnifique monde du travail produit sans le moindre état d'âme ; quitter ce schéma ne pouvant mener qu'à la dépression et la déchéance pour rejoindre ce pays intrigant et cette équipe si singulière, cette gérante m'ayant attribué sa sympathie, sa considération et sa confiance lorsque mon comportement se montrait parfois ingérable et que je me voyais haï par la direction (et donc, sur la sellette), profitant également d'un salaire multiplié par deux au moins, et d'une stabilité de vie me permettant de travailler sur moi afin de régler les effets du chaos que j'ai pu subir à de trop nombreuses reprises durant mes jeunes années, et me réinvestir dans ce qui m'anime profondément, à savoir la musique et les mots… Considérer cela comme « alimentaire » et donc dénué de toute émotion serait un mensonge et une certaine forme de trahison. Enfermé dans mon rôle, j'ai tenté de ne rien exprimer, rien montrer, essayant de me convaincre que cela était une bonne chose, qu'il s'agissait peut-être d'une opportunité, et autres niaiseries positivistes de ce genre. En réalité, il n'en fut rien. Je vivais là un second deuil consécutif, peut-être plus violent encore que le premier.

CHAPITRE 3
KATELYN… ET LES AUTRES

En rentrant chez moi, ce soir-là, je me sentais sonné, liquéfié, comme si plus aucune réaction ni la moindre émotion ne pouvait jaillir de mon être. J'évoluais dans l'incertitude. Je me suis mis à prier, durant les quelques pas qui me menaient à la porte d'entrée de cette grande maison, de ne pas croiser Samantha, ni Edouard, car il m'était alors impossible de supporter pareil supplice. Par chance, personne n'apparut dans le couloir me menant à l'appartement. Je me suis donc enfermé chez moi au plus vite, fermant la porte au monde entier que je ne voulais plus apprivoiser. Soudain, contre toute attente, un bruit a surgi. Un léger cognement dans la porte, répété à trois reprises. J'ai alors froncé les sourcils, et pensé que s'il s'agissait d'un de ces voisins farfelus, j'allais l'envoyer paitre avec la manière. J'ai alors ouvert la porte et ai découvert avec un grand étonnement une

certaine Katelyn, se tenant juste devant moi, me fixant de son regard vibrant, poétique, et de son sourire à m'en faire perdre l'équilibre.
« Salut Jérôme », a-t-elle commencé. J'ai subitement changé d'expression, et apparu des plus chaleureux, lui rendant son sourire.
« Comme j'ai vu que tu es rentré en courant, sans dire un mot… je venais pour m'assurer que… que tu… que tout allait bien. » a-t-elle expliqué, de sa bienveillance naturelle. Le nœud que je sentais continuellement dans mon estomac s'était alors démêlé en une fraction de secondes. J'ai tenté de l'embourber avec une excuse bidon afin de tourner ce comportement typique de l'âme contrariée en un simple parcours de circonstances sans conséquence, ce qu'elle n'a pas cru, bien évidemment.
« Je te connais, Jérôme. » m'a-t-elle lancé en me fixant comme si elle parvenait à lire en moi sans la moindre once de difficulté. Je n'ai rien répondu, d'abord, me contentant de partager son regard. Puis, sous son insistance, j'ai fini par craquer.
« La boutique va fermer. Ce n'est qu'une question de temps. Je l'ai appris aujourd'hui. »
Elle a alors affiché une expression compatissante, m'a adressé quelques mots gentils, de son empathie qui déborde de

chacun des pores de sa peau. Elle m'a soudainement proposé d'aller marcher ensemble, dans le pâté de maisons environnant et jusqu'au parc à deux pas de la gare, afin de se changer les idées. J'ai immédiatement accepté, retrouvant soudainement une certaine joie, une forme d'envie, une énergie qui semblait s'être totalement évaporée tout le long de cette journée. D'une incroyable capacité d'écoute, elle a su trouver les mots afin que je parvienne à m'ouvrir et me libérer du mal qui me traversait. Nous avons échangé continuellement, me suis livré le plus librement et sereinement que je puisse, sa présence m'apaisant instantanément et sa conversation ayant cette faculté d'ensoleiller la grisaille de mon existence sans lui demander le moindre effort. Les minutes passant, la douleur avait fini par s'atténuer, et nous avons donc plaisanté, ri à en pleurer, dans un instant où les lois du réel eurent perdu toute emprise. Alors que nous traversions les cours d'eau du parc, je lui ai demandé comment elle se sentait, *elle*, réalisant que je venais de centrer la conversation sur ma petite personne pendant plus de quarante minutes consécutives. Elle m'a alors répondu par un « Ca va super ! Avec mon copain, on compte aller... » et ce début de phrase a produit un effet de dévastation immédiat dans cet océan de bien-être au sein duquel je me laissais porter durant cette promenade. Non, Katelyn n'est pas seule. Je le savais, mais l'entendre prononcer « mon copain » ne cesse de produire cette réaction dans la chimie qui me compose. Je ne peux rien y faire. Si ce n'est apprendre à l'accepter. Elle m'a alors raconté à quel point son copain est gentil, valorisant, à quel point c'est le copain idéal, m'a confié avoir le projet d'acheter une belle maison avec jardin rien que pour eux, afin de bâtir leur foyer, leur cocon, pour les décennies à venir. Bien entendu, percevoir le bonheur dans la voix d'un être que l'on estime profondément ne peut procurer qu'un sentiment positif, je me suis alors dépêché de le lui exprimer avec mon grand sourire chaleureux. Cette femme, comme toutes les femmes qui se respectent, mérite d'être heureuse. Avec ou sans moi… Il faut savoir accepter la défaite. Comprendre que le monde ne tourne pas autour de nous, et que d'autres ont su dénicher la perle rare avec davantage de talent, d'originalité, ou tout simplement un meilleur timing. La vie, au fond, n'est faite que de cela. De la singularité, de l'audace, et être au bon endroit au bon moment. Ce n'est pas la faute de ce « copain idéal » si le temps a joué en sa faveur. J'accepte donc la défaite, non sans mal, et me contente d'apprécier ces moments si simples mais si délicieux en la compagnie de cette femme que je perçois comme un pur joyau au milieu des méandres. Son amitié est un cadeau. Qu'elle me regarde comme elle le fait est un privilège. Obtenir l'attention d'une femme, de manière générale, n'est point chose aisée, qui plus est dans cette époque de consommation démesurée et d'hypergamie dont la gent féminine actuelle profite allègrement, mais être l'ami d'une telle merveille est un honneur et chaque instant partagé à ses côtés est une bulle cotonneuse, douce et soyeuse, hors du temps. La difficulté est de rester sur la ligne autorisée. Celle qui sépare l'ami de l'amant, ou dans notre cas, du « copain idéal ». Quels mots suis-je autorisé à lui prononcer ? Quels gestes sont admis ? Que pouvons-nous partager ? Quels compliments puis-je lui adresser ? Il arrive, parfois, avec l'engouement des sensations éprouvées, que mes paroles dépassent la ligne même ne serait-ce d'un pas, que je me prenne à embrasser sa main, ou frôler le bisou, dans un instant d'égarement, avant de me voir lui répéter « pardon, excuse-moi ! » environ vingt-cinq fois à la minute puis lui envoyer des messages expliquant à quel point je suis un imbécile… Cela semble l'amuser quelque peu, tout en m'affirmant les règles à éviter de transgresser. Par attachement à son amitié, mais aussi parce que toucher sans autorisation et tenir des propos grivois ou déplacés ne font pas partie de mon A.D.N, je m'y tiens autant que faire se peut. Mais je ne suis qu'un homme. Un homme amoureux…

Le lendemain soir, le hasard m'a fait croiser le chemin d'une certaine Melissa, une jeune femme que je « fréquente » très occasionnellement lorsque nos astres s'interposent. En sortant de la gare afin de rejoindre mon travail, j'ai perçu une silhouette familière. Une silhouette qui m'a immédiatement subjugué étant donné ses attraits évidents qu'il me serait inutile – et grossier- de décrire, lorsqu'elle se tenait dos à moi. Elle s'est ensuite tournée, nos regards se sont croisés, et nous sommes alpagués de « Oh ! Ben ça, alors ! Ça faisait longtemps ! Qu'est-ce que tu deviens ? »
Fausse blonde, les cheveux longeant son dos, le visage légèrement bouffi par de la chirurgie que se sentent obligées de subir toutes les jolies femmes sous l'emprise totale et absolue de leur apparence physique, le tout agrémenté de courbes affolantes dans une tenue éveillant des sens un brin primitifs. Son accent espagnol m'attirait, son sex-appeal

m'enivrait diablement, et sa façon de me dévorer des yeux me fit l'effet d'une bombe à retardement. Je n'ai alors pas hésité une seconde à lui proposer d'aller manger quelque part le soir-même, après nos journées de travail respectives, ce qu'elle a accepté volontiers. De quoi mieux parvenir à supporter les regards tristes des collègues, les pleurs discrets de ma gérante, les remarques des clients déjà au courant, et cet après avec lequel il nous fallait désormais composer… Supporter également les vives tensions avec cette « autre clientèle », qui surgit en milieu et fin d'après-midi dans ce fameux quartier de la gare, zonant en meutes, déambulant avec des dégaines pathétiques, évoluant dans un rapport de domination/soumission constant avec les autres êtres humains qui les entourent, addictes à la bière bas de gamme, à la drogue, et à la violence sans règle, sans loi, sans considération, professionnels du chômage à vie, de la traitrise, de la victimisation exacerbée, injuriant les employés de magasin effectuant leur travail, scandant des « racistes ! racistes ! » à tout bout de champ avant de cracher des « sales blancs ! » emplis de haine enveloppant leurs yeux déshumanisés reflétant leurs esprits vides, malléables à souhait ; ces êtres, que je méprise et que j'exècre au plus haut point, ne sont que le pur produit de cette époque décadente prônant l'inversion des valeurs et l'injustice institutionnelle. Que quiconque, situé dans sa tour d'ivoire ou éduqué par le vivre-ensemble idéologique actuel, les défendant constamment et les excusant de leurs exactions parfois dramatiques, causant des blessés, des morts innocents, des traumatisés à vie, et toutes les souffrances qui vont de pair, viennent travailler dans un emploi prolétaire sans avenir, obtenant le salaire qui suit, se retrouver régulièrement face à ces individus abjectes et insupportables leur crachant dessus, les insultant, provoquant et menaçant physiquement pour cause d'un regard, d'un mot dans l'exercice de leur travail, à savoir éviter au maximum le vol de marchandises et garantir la sécurité des clients ainsi que du personnel. Que les défenseurs, dans leurs beaux quartiers et bibliothèques viennent effectuer ne serait-ce que trois mois dans le quotidien que subissent des millions d'honnêtes gens dans nos rues, dans nos transports, dans nos écoles, nos commerces et voisinages, et nous en reparlerons (*je parle ici de types comportementaux précis et non de couleur de peau, de culture ni de religion*) !

J'ai donc, après cette journée riche en émotions, rejoins la belle Melissa, afin de profiter d'un repas dans un bon restaurant situé de l'autre côté du pont, là où la richesse et la beauté du Luxembourg se dévoilent enfin. Les conversations avec elle ne montrent que nos différences, son goût pour la fête, pour le monde de la nuit, pour les plaisirs éphémères, et son dégoût de la famille, des enfants, du calme, d'une vie qui se bâtit plus qu'elle ne se consomme. Mais il n'y a rien à faire, cette femme éveille mes allants pulsionnels, je la désire, je la veux, et ce, sans conditions. La soirée et la nuit qui ont suivi n'ont été que tempête ardente où les corps s'expriment sans que les mots et les émotions ne se croisent. Entre les moments d'échanges sans langage, nous nous sommes enlacés, embrassés, comme des amoureux sans en être, et avons discuté les yeux dans les yeux, corps contre corps. Je lui ai parlé de Katelyn, de mes sentiments interdits pour elle. Melissa a accueilli cela avec des remarques légèrement condescendantes, jugeant ma voisine alors que le problème venait de moi et qu'elle ne faisait rien de plus qu'être mon amie. Melissa a ajouté ne pas comprendre mon souhait de fonder ma propre famille, disant que les enfants ne sont que des problèmes et un investissement financier conséquent. Comme si l'amour n'existait pas. Que tout devait se résumer en « pour » et en

« contre », en « investissement » et « recettes », vision pragmatique et matérialiste à son paroxysme. Elle a conclu en me demandant, d'un air dédaigneux, pourquoi étais-je si sentimental, prenant ensuite son exemple en m'affirmant qu'elle pouvait s'amuser avec moi toute une nuit et m'oublier le lendemain matin (ce qu'elle a fait dès le jour suivant). Je n'ai rien répondu. Cette phrase m'a blessé, et je me suis abstenu d'en faire de même vis-à-vis d'elle, car, pour ma part, je respecte profondément les femmes, bien que l'inverse reste à prouver. Je peux très bien répondre que Melissa n'arrive pas à la cheville de Katelyn et qu'elle ne m'intéresse réellement que pour son corps, mais je préfère garder cela coincé dans la gorge, par souci d'éducation et de respect de l'être vivant et sensible évoluant dans ce corps fabuleux qui est le sien. Si seulement la plupart des jeunes femmes modernes pouvaient en faire de même…

En France, lorsque j'étais frontalier et vivait dans une ville moyenne proche du pays dans lequel j'exerce, je ne comptais plus mes tentatives quant à l'idée de trouver la femme avec qui partager ma vie. En effet, ce fut une femme qui m'eut amené dans ce secteur, des suites d'une relation à distance. L'histoire a fait que cette romance s'est achevée, de manière extrêmement douloureuse qui plus est, et que depuis, mon but premier est de remplir le vide que cette femme m'a laissé. Animé par un besoin de réconfort, de tendresse, d'échanges sincères, et d'une volonté profonde de construire, j'ai donc cherché, cherché, inlassablement, LA femme qui pouvait potentiellement répondre à cette attente. Evoluant dans cette époque numérique et consumériste, je me suis d'abord naturellement tourné vers les nombreuses applications de rencontres, certaines inévitables, d'autres plus confidentielles. D'abord intrigué par la multitude des profils proposés, et donc un grand nombre de choix, là où les limites de la vie quotidienne ne proposent qu'un cercle assez restreint – surtout lorsque l'on ne sort pas en boite ou dans les bars tous les weekends-, la désillusion n'a pas tardé à pointer le bout de son nez, tant la pauvreté abyssale embrasait l'ensemble. Certes, des jolies femmes, il y en eut à foison, mais les descriptions furent trop souvent inexistantes, et lorsqu'elles existèrent, furent d'une extrême banalité, des ramassis de niaiseries, des complaintes virulentes adressées à la gent masculine, des propos misandres, disant notamment que « les chiens peuvent rester à la niche », et autres poésies de ce genre. Les photos furent chronophages, je pus passer d'un profil à un autre sans percevoir de différences véritables. La jeune femme se montrait d'abord en tenue légère, le tout en affichant largement sa poitrine ou ses fesses, puis riant à gorges déployées autour d'un verre en soirée, puis fumant une cigarette ou un joint – le tue l'amour le plus efficient, me concernant !-, des selfies aguicheurs devant le miroir de la salle de bain ou de la buanderie, et enfin, tout sourire, au milieu d'un cadre de carte postale, afin de montrer qu'elle s'amuse, qu'elle voyage, qu'elle profite de la vie, qu'elle la croque à pleines dents, bien qu'en réalité, son quotidien se résume à Netflix, les réseaux sociaux, les glaces en pyjama, seule sur son canapé, en compagnie de son chat. La profusion des profils s'étendait également en sens inverse, faisant profiter à n'importe quelle jeune femme d'un choix stratosphérique de prétendants, allant jusqu'à plusieurs milliers de « likes » chaque jour. Difficile, donc, dans ce contexte, de se démarquer, avec trois photos chronophages et une description disant tout et rien à la fois… Lorsque les « matchs » survinrent, la joie fut palpable, car relativement rare, lorsque l'on est un homme ni beau ni moche, du moins plutôt attractif pour certaines et totalement insignifiant pour d'autres, et noyé par la masse d'autres hommes potentiellement plus attirants que soi. Comment aborder ? Par où commencer ? Les questions s'enchainèrent, une forme de panique apparut, comme celle qui nous consume lors de notre première fois, découvrant le corps de l'autre, les sensations, les étreintes, puis la jouissance. Mais dans le cadre de la première discussion au sein d'une application, les sensations y sont totalement absentes, obstruées. Nous nous adressons à mademoiselle « photo à la plage, photo dans un bar, et photo devant le miroir », sans description, aucune information quant à ses goûts ou ses aspirations, et, qui plus est, nous devons absolument attirer son attention dès la première phrase, comme celle d'un employeur à la lecture de notre cv, face à l'abondance des candidatures reçues. Je me laissai alors partir, tenter une chevauchée, tantôt soft et timide, tantôt plus osée. La majeure partie du temps, la première phrase était restée sans réponse. L'indifférence la plus totale. Dans le pire des cas, la femme supprima la conversation dans les minutes après réception. Et dans le meilleur des cas, j'obtint une réponse, mais cela ne se prolongeait que très, très rarement au-delà d'une petite conversation des plus banales, ce genre de conversations que l'on peut échanger avec absolument n'importe qui. Alors je continuai de liker les profils, un après l'autre, de manière compulsive, en attendant le prochain match, espérant que cette fois, ce serait la bonne, une avec qui une véritable discussion serait possible, menant ensuite à une rencontre, une superbe soirée dans un bel endroit, cosy et agréable, et s'aventurer, explorer l'autre jusqu'à ressentir l'ivresse des débuts que l'amour procure. En vain. Nous sommes les grands perdants de ce marché – oui, c'est un marché, au même titre que les autres- qui ne vit qu'au profit de nos espérances gâchées.

Dépité, je me suis ensuite tourné vers les soirées célibataires et speed dating. La première fois, je me suis trouvé d'abord au milieu d'une vingtaine d'hommes, contre une seule femme présente, qui plus est d'un âge trop avancé pour moi et n'éveillant aucun désir de rencontre (me concernant). J'ai ressenti un profond ras-le-bol, fulminant intérieurement face aux arnaques répétées dans ce marché de la misère amoureuse provoquée par les évolutions de notre société, et ai été sérieusement tenté de quitter les lieux sur le champ. En me tournant afin de me diriger vers la sortie, je suis tombé nez-à-nez avec une femme qui marchait en sens inverse, participant à l'évènement. Une femme d'un charme à couper le souffle. Le début de quarantaine extrêmement bien conservé, les cheveux longs et volumineux, un regard bleu ciel empli d'assurance bienveillante, le sourire généreux, l'allure des plus élégantes dans une robe fleurie laissant découvrir de longues jambes sveltes, la taille haute, la démarche de ces femmes qui connaissent la vie, les hommes, leurs propres atouts sur le bout des doigts, et savent exactement ce qu'elles veulent et ce qu'elles ne veulent pas. Je l'ai observé de longues secondes durant, totalement subjugué par sa beauté. L'envie de partir m'est passée à la vitesse du vent.

Seulement cinq femmes furent présentes, dont trois d'un âge trop avancé pour moi. Nous étions donc, nous, la trentaine d'hommes désormais, affalés au bar, attendant notre tour, discutant ensemble dans la convivialité, autour d'un verre, observant l'ensemble avec autant de désir que de désillusion face au fiasco présenté. Je me souviens avoir discuté avec une charmante jeune femme, pendant les dix minutes imposées par le contexte, sans toutefois partager d'alchimie plus conséquente. Une demi-heure plus tard, mon tour était enfin revenu, et ce fut la femme croisée à l'entrée que j'eut la joie d'aborder. « Mon Dieu, ce qu'elle est belle… » ai-je pensé très fort en cet instant. Souriante, polie et chaleureuse, elle a d'abord suivi le début de rencontre sans démontrer d'intérêt plus qu'il n'en faut, jusqu'au moment où j'ai évoqué mes centres d'intérêts musicaux et littéraires. Le sourire plus prononcé, le regard charmé, la main continuellement dans les cheveux, les jambes qui se croisent et se décroisent, les rires enveloppés... je l'avais dans la poche, j'en étais certain. Et pour ma part, j'étais profondément charmé. En plus de sa beauté, je découvrais là une femme intelligente, ouverte, sensible à l'art, aimant enseigner, partager, voyager, découvrir tout ce que la vie avait à offrir, était également dotée de beaucoup d'humour et de simplicité, bref, autant le dire clairement, elle m'avait tapé dans l'œil. Les dix minutes étaient passés bien vite, et je m'étais pressé de bien noter son prénom sur la fiche qui m'était attribuée, un « Morgane » écrit avec l'enthousiasme d'un désir enveloppant toutes mes espérances. Le lendemain, j'eut reçu une notification sur l'application dédiée à cet évènement. Un « match », suivi d'un message d'une certaine Morgane. Je me souviens avoir littéralement exulté. Quatre soirs plus tard, nous nous étions retrouvés devant un restaurant indien situé dans la rue où je vivais, une rue et un quartier très vivant où les terrasses y sont bondées à toute heure de la journée. Les cheveux attachés, sans maquillage, une veste en jean et un pantalon noir épousant toutefois magnifiquement ses courbes flatteuses, l'effet fut moindre. Pour ma part, courant la rejoindre en sortant du travail et des transports – qui prend les transports publics tous les jours comprend ce que cela implique-, je n'étais point apprêté, outre qu'une tenue du quotidien et d'une hygiène toute respectable. La soirée, cependant, fut très agréable. J'avais devant moi une femme très charmante, drôle, avenante, à l'aise dans tous les sujets… mais, comme il faut toujours qu'un « mais » se pose à la fin, l'alchimie, la connexion ne s'était point présentée, du moins, pas suffisamment. Son absence de volonté de se stabiliser, de s'investir dans une éventuelle relation à deux et potentielle vie de famille, ainsi que son mépris pour la culture occidentale, pour la France, moi qui, malgré mon exaspération pour ce que ce grand pays est devenu, aime son histoire, sa culture, sa langue, ses cathédrales, ses produits gastronomiques et son art de vivre jusque dans chaque globule de mon sang ; ces points furent tout sauf négligeables à mes yeux. Il me serait impossible d'éduquer mon enfant de la manière dont je voudrais l'éduquer, si la mère n'en partage aucunement les valeurs. Nous nous sommes donc quittés assez tôt dans la soirée, nous sommes remerciés pour ce moment convivial, et nous sommes envoyés des messages, le lendemain matin, expliquant poliment ne pas souhaiter continuer davantage. Au moins, le désintérêt fut mutuel, et la forme fut respectueuse. Cette femme avait 41 ans. Ceci explique probablement cette faculté à considérer l'autre et lui démontrer davantage de respect quant à ses émotions et ses aspirations, lorsque la jeune génération se contente de prendre et jeter sans ne jamais rien offrir, évoluant dans un nombrilisme exacerbé par les réseaux sociaux et l'hypergamie.

Déçu mais agréablement surpris par cette expérience, je m'y suis relancé de nouveau. Tout apprêté, je me suis dirigé vers le lieu indiqué, trouvant globalement la même situation, à savoir un groupe d'hommes au bar, et une petite poignée de femmes dans l'enceinte de l'établissement. Cette fois, aucune femme n'eut attiré mon attention, et la première avec qui j'eus échangé ne semblait pas savoir quelle était la raison de sa venue, n'attendait rien, ne cherchait rien, n'eut rien à dire, rien à partager… de mon côté, lorsque la femme ne m'attire pas, et que nos attentes ne correspondent en rien, lui parler ne m'est d'aucun intérêt. Cela peut sembler stupide, mais c'est ainsi. Je peux parler des heures à Katelyn sans ne rien attendre car c'est Katelyn. Mais lorsque je me tourne vers la majeure partie de la gent féminine actuelle, s'il n'y a rien à y déceler, l'ennui est total. Les dix minutes ont donc été extrêmement longues, limites gênantes. Je me suis alors dirigé vers le bar, mais cette fois, je n'y percevais aucune convivialité. Aucun homme ne s'adressait la parole, tous trainaient sur leurs smartphones, en bons consuméristes aliénés typiques de notre époque, et la solitude m'a alors semblée des plus pesantes. Les femmes, pour certaines, furent de la génération de ma mère, et les deux seules « jeunes » furent tatouées des pieds jusqu'au cou. J'ai bien conscience de la cote de popularité dont profitent les tatouages aujourd'hui, mais quand je dis que je n'aime pas mon époque, ce n'est pas pour rien…

Je suis donc parti au bout d'une demi-heure à peine, jetant ma fiche de candidat à la première poubelle croisée sur le chemin, et ai arrêté cette mascarade sur le champ. Je me souviens en avoir discuté auprès de Katelyn, le lendemain. Je lui eut exprimé mon désarroi, cette impasse dans laquelle je me trouvais, à chercher désespérément quelque chose qui semblait en voie de disparition, dans cette époque où le beau ne trouve plus sa place, où l'on déboulonne les statuts, détruit les valeurs qui ont fait la grandeur de notre civilisation, dans cette époque où l'amour, l'amitié et la famille ont perdu de leur substance, remplacés par l'individualisme, l'adolescence éternelle, le plaisir éphémère sans attache ni engagement, sans responsabilité aucune, car ces notions sont devenues ringardes et symboles d'un monde ancien, d'un temps révolu. Je me souviens l'avoir entendue me demander ce que je cherchais, exactement, comme type de femme, et lui avoir répondu : « un mélange de modernité et de traditionalisme. Une femme libre, qui travaille, qui pense par elle-même et sait ce qu'elle veut, a du caractère de vie et ne dépend de personne, mais en même temps altruiste, capable d'offrir d'elle-même, fiable, ayant le sens du respect, de l'intégrité ; une femme qui sait ce que c'est le vécu et comprend que la vie n'est pas un jeu, du moins, pas toujours ni pour tout le monde ; une femme capable de construire, de bâtir, et d'être un roc, un être sur lequel on peut se reposer lorsque les temps sont durs et, bien sûr, lui offrir la même chose en retour. » Je me souviens avoir prononcé ces mots en pensant « bon sang... tu es juste en train de décrire la femme qui se trouve devant toi en ce moment… tu en as conscience ? » et une autre voix de ma pensée ajouter fermement : « oui mais elle a quelqu'un, bordel ! T'as pas compris, encore, à quel point son copain est gentil et génial ?! » Je me souviens de la douleur, du conflit interne que j'ai pu ressentir à cet instant… Depuis, je cherche sans chercher, attendant sans y croire, me tournant vers des femmes telles que Melissa lorsque mes pulsions m'en conjurent et savourant chaque instant partagé auprès de Katelyn, tâchant de me tenir derrière la ligne à laquelle le copain chanceux n'est aucunement souscrit, et laissant les rencontres se faire et se défaire, ces jeunes femmes s'ajouter aux précédentes et passer entre des coups de vent, ne rien apporter si ce n'est des déceptions de plus, qui, à la longue, ne provoquent plus la moindre souffrance, ne ressentant plus rien pour elles, rien de plus qu'une simple envie d'ordre physique et/ou d'un moment de partage, de réconfort, afin de mieux lutter dans mon combat face au passé qui me pèse, mon présent morne et brumeux, et cet avenir que je ne parviens à définir… et je continue ma route, affronte les jours, sans ne jamais rien construire, évoluant sans but véritable, seul, coincé dans une existence par défauts, au milieu d'aspirations qui ne semblent pas pouvoir éclore, ni d'une façon, ni d'une autre, et de rencontres mortes nées. Je me dois toutefois de réaliser la « chance » que je possède, de vivre en bonne santé, de manger à ma faim, en parfaite autonomie, et d'avoir à mes côtés plusieurs personnes de grandes valeurs pour qui mon amour restera indéfectible quoi qu'il advienne. Au sein de ce monde impitoyable qui est le nôtre, tous et toutes ne peuvent en dire autant...

CHAPITRE 4

FOLIE NORMALE

Voilà quinze jours que la nouvelle était tombée, et déjà la nostalgie se montrait au rendez-vous. Ce matin, durant un moment de grande accalmie comme notre petite boutique en subie la moitié de chaque journée, je me suis pris à rêvasser, me posant la question de savoir ce qui allait me manquer. Bien sûr, en premier lieu, ce furent les collègues, nul besoin de le préciser. Sans être des amis à proprement parler, les moments de vie que nous aurons partagé ensemble durant ces années ont indéniablement créé des liens qu'il me sera délicat d'oublier. L'autonomie me manquera. Ne jamais voir se trimballer un manager constamment derrière notre dos - pour parler poliment-, ne jamais être infantilisé, pouvoir modifier et restructurer un rayon à peu près comme bon nous semble tant que le résultat est positif, gérer notre travail nous-mêmes, notre temps, notre organisation ; tout cela est un luxe, considérant le type d'emplois dont il s'agit. Une partie de la clientèle me manquera beaucoup. Dans ce magasin réside l'essence véritable du commerce de proximité. Un échange humain, une considération, des discussions chaleureuses, un geste pour faciliter un tant soit peu la vie de certaines personnes âgées en les aidant à ranger leurs courses ou en les livrant directement à leur domicile. J'ai rencontré, dans ce magasin, des gens extrêmement touchants, d'une gentillesse infinie, d'une grande simplicité dont la richesse évoluait en leur cœur. A mes yeux, ils ne sont point de simples clients, des cartes bancaires ambulantes, non. Ce sont des camarades. Ils me manqueront, c'est certain. Ce qui me manquera également sera cette liberté de pouvoir rire. Combien d'entreprises ai-je expérimenté où le simple fait d'échanger une conversation, une blague avec un collègue suffisait à recevoir un regard noir, une réflexion voire une convocation au bureau de la direction. Ici, tant que le travail est effectué, nous pouvons échanger, plaisanter, rire et faire rire sans que rien ne nous soit jamais reproché. Cette liberté m'a permis de lâcher ce grain de folie que je possède depuis toujours, osant des imitations, des sketchs improvisés, des vannes plus ou moins inspirées, ressentant une profonde satisfaction à entendre les rires nourris, observer parfois les larmes couler sur les verres de leurs lunettes, devant des clients affichant de larges sourires en apercevant vendeuses et caissières écroulées face à eux. Cette liberté me manquera beaucoup.

En parlant de folie, ce qui ne me manquera pas, cependant, sera celle à laquelle nous assistons quasiment tous les jours au milieu de ces rayons et autour. Les grandes villes sont, à mes yeux, des usines à pétages de plombs, tant les fous semblent s'y épanouir. Comme cette cliente, une dame relativement âgée, venant deux fois par jour, tous les jours de la semaine, déambulant dans les rayons armés de son petit panier, boitant fragilement, et approchant des caisses sous les regards soucieux des caissières, s'interrogeant à savoir qui devra se la farcir aujourd'hui, et cela ne rate jamais, enchainant les questions n'ayant de sens qu'à travers son esprit enfumé, comme nous demander quel produit possède le moins de taux de sucre entre deux bouteilles de vins luxembourgeois quasi identiques, ou « lequel est le mieux ? » entre une canette de coca regular et une bouteille de coca regular, ou nous demander si une bouteille de lait peut se congeler dans le but de l'emmener avec soi lors d'un voyage en avion, ou encore ouvrir un parapluie au milieu des caisses afin de tester sa taille, et j'en passe et des meilleurs... le tout en achetant huit sachets en plastique à chaque passage, deux fois par jour, qu'elle enroule je ne sais comment, sous les regards circonspects des autres clients derrière elle. Cette femme me fascine. J'aimerais comprendre la façon dont elle perçoit le monde, la vie, les gens autour d'elle. Ce doit être passionnant à explorer.

Je repense également à ce jeune homme visiblement sous l'effet de substances illicites, approchant lentement vers moi et me demandant d'une voix à peine audible devant la machine à café : « lequel est du *vrai* café ? ». Surpris, j'ai tenté de répondre quelque chose de cohérent, lui expliquant que tous sont du vrai café mais que tout dépend de ce qu'il entend par là. Il ajouta ensuite : « lequel est ton préféré ? » me tutoyant comme si nous avions traversé l'existence côte à côte. Je lui répondis « cela dépend de vos préférences. Pour ma part, c'est le café latte, mais ça dépend de vos goûts, je ne peux pas... » lorsque je l'aperçus hocher la tête sur l'affirmative, indiquant vouloir suivre mon conseil, avant de cliquer avec assurance sur « macchiato ». Je le regardai, ahuris, pensant me trouver devant une espèce d'extraterrestre venu d'une autre galaxie, pendant que ce dernier fixait le café remplissant sa tasse avec la plus grande attention, comme si tout, à ses yeux, était une nouveauté, une expérience à explorer à travers tous ses sens.

Je repense également à cette dame que j'ai vu uriner dans un grand carton utilisé normalement pour les commandes en livraison ; cet homme, un employé de la commune tout ce qu'il y avait de plus respectable, cracher la moitié d'une fraise sur le sol et repartir le plus sereinement, comme si de rien n'était ; cet ancien ouvrier du bâtiment respirant péniblement par la bouche, sous forme d'hyperventilation, et hurlant des insultes en luxembourgeois, seul dans son coin, sous les regards inquiets des clients autour. Je pense évidemment à ce vieil homme vivant dans la rue, accompagné de son cadi probablement volé dans un Auchan, trimballant avec lui de nombreux sacs emplis de vêtements, de produits, et de bouteilles dont la couleur et l'odeur des contenus donnaient la nausée. Il déambulait dans les rayons en empestant l'ensemble d'une odeur épouvantable d'excréments et de saletés en tous genres, le tout en hurlant sur tout et tout le monde, dans une langue non-identifiable.

Je pense à cet autre sans-abri dormant debout, devant la machine à café ; cette pauvre femme toxicomane affalée à même la route, à l'arrière-boutique, endormie ou inconsciente, autour de seringues laissées sur le bitume ; cette pauvre jeune femme, également, sniffant la laque pour les cheveux, jusqu'à en perdre connaissance, allongée tristement dans sa décrépitude, à la gauche de l'entrée du commerce ; ces toxicomanes fouillant dans les plantes de décoration placées à quelques mètres de la devanture, arrachant même les feuilles et les racines, afin d'y trouver la moindre dose pouvant rassasier leur état de manque absolument terrifiant ; cet autre toxicomane dormant debout, à son tour, le front collé à la vitre de la sandwicherie voisine ; ce pauvre homme peinant à tenir sur ses jambes, incapable de lire l'étiquette d'un produit alors qu'il collait ses yeux dessus ; cette pauvre femme d'origine africaine, enroulée de draps en tous genres, accusant la caissière de lui avoir volé de l'argent avant de scander qu'elle était une artiste, une « entertainer » ; cet alcoolique au visage émacié, antipathique, courant dans les rayons sous un stress maladif, approchant ma caisse en me hurlant, d'un regard noir et d'une voix éraillée : « BIERE !!! » sans faire l'effort de construire une quelconque phrase ; ou cet employé de bureau, bien sous tous rapports, du moins en apparence, frappant comme un fou furieux contre la vitre et hurlant à s'en briser les cordes vocales à l'encontre de madame Claudine parce que monsieur voulait absolument récupérer son colis alors que nous venions de fermer ; cela sans parler des multiples agressions verbales, insultes et menaces, face à ces individus agressifs, voleurs, violents et haineux évoqués plus haut. Travailler dans un tel quartier provoque une forme d'habitude face à l'inconcevable. La folie y devient normalisée, presque banale. La folie, mais aussi la misère la plus lamentable. Ayant grandi d'abord en banlieue parisienne puis en environnement plutôt rural (des villages entourant une petite ville pauvre), j'ai été habitué à côtoyer de très près la précarité ainsi que ses effets, mais jamais je n'avais observé pareilles dépravations. Penser trouver un tel chaos dans un pays aussi riche et attractif que le Luxembourg m'a littéralement subjugué.

En rentrant chez moi, je suis évidemment tombé sur Samantha, la concierge, qui, ventre vers l'avant, m'a de nouveau plaqué contre le mur, dévoré du regard, et interrogé avec son tact légendaire, me demandant : « alors, quand est-ce que tu comptes vendre ton corps ? » à peine franchi la porte d'entrée. Cette femme me provoque constamment une sensation de gêne absolument sidérante à chacune de ses apparitions. Elle est devenue ma hantise de la porte d'entrée. Il y a peu, elle m'a demandé, toujours ventre vers l'avant et placage contre le mur, si je comptais regarder un match de football à ses côtés, bien qu'il n'y eût qu'une seule chaise, précisant avec soin que je pouvais m'asseoir sur ses genoux, le tout avec un regard et une expression qui m'avait littéralement glacé le sang. Fort heureusement, cette fois-là comme aujourd'hui, je suis parvenu à m'extirper de son emprise, non sans mal. Je me suis alors dirigé prestement vers mon appartement lorsqu'à mi-chemin, m'est tombé dessus le fameux Edouard, son air d'imbécile heureux, son baggy tombant et sa posture de fumeur de joint. J'ai eu droit au récit de ses aventures palpitantes, se plaignant d'une collègue de travail exprimant souvent ressentir des douleurs fortes au dos et aux jambes. Edouard, de sa voix grave et son phrasé digne d'un cartoon pour enfant, m'a offert une leçon dans l'optique de réduire considérablement les maux de son corps, prenant son exemple, expliquant que son dos n'était pas droit, sa jambe droite non plus, son pied gauche était plat, ce qui expliquait sa démarche, selon lui (j'avais une autre théorie, mais je la garde pour moi…), avant d'ajouter que son médecin lui eut prescris de

l'exercice, ce que ce dernier n'a effectué...
qu'une fois, avant d'abandonner. La chute de
cette histoire était tellement inattendue que je
n'ai pu m'empêcher de pouffer de rire
intérieurement, devant ce spécimen fait d'un
autre bois, d'une autre nature. Je n'ai pu
m'empêcher de repenser à la folie à laquelle
j'ai été témoins quotidiennement au sein de la
boutique dans laquelle j'exerce. Je me suis
dit, à cet instant, qu'il ne manquait plus
qu'Edouard pour parfaire un tableau des plus
atypiques et ubuesques. Après de longues
minutes de monologue, le spécimen a eu
quelques brèves secondes de silence, ce qui
m'a permis de tenter une échappée fulgurante
et rejoindre la porte de mon appartement,
pensant en être enfin libéré. Mais cette joie
fut de courte durée. Son « eh oui ! »
légendaire démarrant chacune de ses
allocutions a alors résonné dans mon dos,
Edouard m'ayant suivi jusque ma porte afin
de me raconter cette fois à quel point les bus
étaient pénibles parce que ce matin, le sien
eut cinq minutes de retard... Lorsque cet ovni
fut livré dans ma vie comme nouveau voisin,
il aurait été plus correct de m'en fournir le
mode d'emploi, et peut-être une
télécommande, avec la touche « mute », afin
de pouvoir rentrer chez moi en paix, ne serait-
ce qu'une fois ! Ce dernier m'a, qui plus est,

appris que Katelyn était absente plusieurs jours au moins, afin de rejoindre les bras de son copain. De quoi égayer mon humeur qui, en cet instant, semblait rouge comme le Diable. Une fois Edouard rassasié de sa parlotte journalière, j'ai enfin pu franchir la porte de mon appartement et la claquer aussi violemment que mon ras-le-bol fut pénétrant. J'ai soupiré bruyamment, avant de déposer mon sac de travail dans le coin de ma chambre puis rejoindre le salon lorsque je me suis brusquement arrêté, percevant la silhouette chevelue et barbue de Steven, de nouveau la face collée à la vitre, me fixant de ses yeux ronds reflétant à travers la claire de lune. Je n'ai pu m'empêcher de sursauter de stupeur, avant que ce dernier lâche une fois de plus son majeur tendu en ma direction avant de s'évaporer dans la nature, comme de coutume. Oui, la folie me poursuit. Elle semble faire partie de moi, me coller à la peau tel un compagnon fidèle qui m'est toxique et furieusement indésirable. J'ai décidé de fermer rapidement les rideaux de chaque fenêtre, et m'enfermer dans ce cocon de solitude et de tranquillité qui, peu à peu, m'emporte dans la douceur d'une paix, sécure et bienveillante, absolument addictive. Ici, la musique et les mots dansent en mon esprit reprenant vie, savourant le goût exquis du beau, du juste et du bien, de ce qui nous éloigne de la boue et nous rapproche au contraire de l'élégance et du sublime. La musique m'emporte et l'écriture me dévoile. Tous deux me sont fondamentalement indispensables. La musique m'ouvre les portes de tous les possibles, m'emmène dans les contrées les plus improbables, me fait découvrir des couleurs encore jamais observées, des senteurs revigorantes, et créer dans mon corps, dans mon sang, cette pulse qui soudain me rappelle que je suis bien vivant. L'écriture, elle, m'est plus intime, plonge dans ma psyché et mes émotions les plus enfouies, les identifies et les propulse sous la douceur d'une feuille de papier blanc, un endroit où les maux guérissent toujours, où les peines s'évaporent, où le Bien triomphe du Mal, de l'injustice et du malheur qui évoluent en toute impunité dans ce monde des Hommes codifié et structuré à l'encre rouge sang. L'écriture embellie mes souffrances, les transforme en combats que je remporte toujours à la fin. L'écriture stimule cet imaginaire dans lequel je me suis si souvent réfugié, face à la laideur dont témoigne le réel. L'amour y semble si parfait, si grandiose, que même le dramatique prend la forme d'un délicieux poème. Les gens y sont comme nous voulons qu'ils soient.

Tantôt magnifiques, tantôt pitoyables, un jour audacieux et grands, l'autre lâches et profondément détestables. L'écriture intensifie la vie, sublime le monde, dessine les humains du trait qui leur convient, arrondie parfois les angles ou affronte les vices à bras le corps. L'écriture n'a peur de rien. Elle suit sa mission et s'engage à révéler non seulement les personnages qu'elle décrit mais aussi et surtout la nature intrinsèque, les rêves et les douleurs profondes de la personne qui en découvre la lecture. Oui, la musique et les mots sont une bénédiction. Parmi ce que l'être humain est capable de mieux. Mon amour pour ces arts s'écrit d'une encre que le temps n'éprouve jamais…

CHAPITRE 5

LES MEILLEURS PARTENT TOUJOURS LES PREMIERS

Ce dimanche, en début de soirée, lorsque j'ai entendu Katelyn traverser le couloir et rejoindre son appartement en face du mien, je n'ai pu m'empêcher de courir la rejoindre, lui adresser la bienvenue, comme ça, pour rien, le simple plaisir de revoir un être dont la présence m'apaise instantanément. J'ai donc rapidement ouvert ma porte et me suis pressé de scander un « Salut, Katelyn ! » empli d'entrain, le regard plein de vie, le sourire solaire. Elle s'est tournée, m'a souri à son tour, d'un air particulièrement enjoué, plus qu'à l'accoutumée. Intrigué, je lui ai alors demandé la raison de cette euphorie nouvelle. Bien mal m'en a pris… Elle s'est tournée et a avancé en ma direction, l'expression pimpante, la gestuelle énergique, et m'a dit « Ca y est, c'est officiel ! Avec mon copain, on va acheter notre maison ! On en a visité une, elle est superbe, tout ce dont on rêve ! Et le propriétaire actuel a accepté notre dossier !

Du coup, il reste encore pas mal de choses à régler, de la paperasse, voir avec la banque, tout ça, tout ça... mais on devrait emménager d'ici deux mois grand max' ! Rah, j'suis trop contente ! »

A cet instant, mon âme s'est littéralement effondrée à l'intérieur de moi. Je ne sais pas quel visage je montrais lorsqu'elle a prononcé ces mots, mais en mon antre, j'étais évanoui, évaporé. A tel point que je n'ai aucun souvenir de ce qu'elle a pu ajouter ensuite, et pourtant, le monologue a duré, croyez-moi... La voir exulter de cette façon sans prendre en compte mon ressenti, mes émotions, et m'afficher sa joie presque hystérique sans aucun complexe m'a littéralement fendu le cœur. J'avais jusqu'alors accepté l'idée de ne pas être le premier, celui qui compte *le plus* à ses yeux, mais de là à ne pas compter *du tout*, je ne m'y attendais pas. Cela n'aurait aucunement dû me surprendre, en vérité. Les femmes ont ce don de poser la main sur votre cœur, le caresser avec la plus grande délicatesse, la plus douce subtilité, puis vous l'arracher d'une violence écœurante, le tout avec le sourire, sans vous quitter des yeux. J'ai fait mine d'écouter son récit, bien que je ne fusse plus véritablement présent dans la pièce, dans cet échange, ni en mon esprit. J'ai dû broder une phrase toute faite afin d'abréger mes souffrances, un « c'est cool ! J'suis content pour toi ! » avant de prétexter devoir y aller, claquer la porte derrière moi, rejoindre ma chambre et m'écrouler de tout mon poids sur le matelas, puis pleurer, pleurer, encore et encore, jusqu'à la dernière larme que mon corps pouvait produire. Un mélange de douleur déchirante, d'une tristesse sans fond, et d'une haine viscérale m'eut alors enivré de tout mon être. La douleur d'abord parce que j'aimais Katelyn et qu'elle ne me considérait pas. La tristesse à l'idée de ne plus la voir, de me sentir seul dans cette maison d'éberlués. Et la haine ensuite envers les femmes qui ne cessent de me décevoir inlassablement, mais aussi et surtout envers moi-même, pour continuer de les aimer après tout le mal qu'elles ont pu commettre en ma personne depuis toutes ces années. Continuer de les regarder, de les trouver belles, attirantes, désirables, agréables à observer, d'aimer la douceur de leur voix, la finesse d'un sourire, et d'y percevoir les feuillages d'un Printemps retrouvé chaque fois qu'une femme m'adresse sa considération, son intérêt, voire son désir. Continuer de me livrer à une femme, de chercher du réconfort auprès de cette gente féminine qui, de fait, n'est plus apte à offrir quoi que ce soit leur demandant un effort ou, pire encore, un don de soi, sincère et authentique. Continuer d'y croire, que malgré ces dizaines de femmes que j'ai laissé entrer dans ma vie et y causer leurs torts, *la bonne* doit forcément se trouver quelque part et m'attendre patiemment comme attendrait l'élu devant sa destinée. Continuer, encore et toujours, avant de replonger, toujours plus profond, chaque fois que je commets véritablement l'erreur d'aimer. Pourtant… aimer est un plaisir somptueux. Aimer est ce qui donne à la vie cette saveur si légère, si douce, si unique, que tout semble magnifique autour de nous, que le monde nous appelle soudainement à l'explorer sous de meilleurs auspices, et que se lever chaque matin devient un jeu d'enfant. Aimer, c'est donner sa vie pour l'être que l'on chérie, et attendre la même chose en retour. C'est ne plus grimper la montagne, empêtré dans notre solitude éternelle, mais l'affronter à deux, ensemble, unissant nos forces pour mieux rejoindre les hauteurs, malgré la fatigue, la douleur, les doutes, parfois, et ce temps qui n'aurait qu'à le décider pour tout éradiquer sans aucune pitié. Aimer est la plus intense des drogues. Et l'amour est le plus vicieux des poisons. Il est capable de nous broyer les tripes avec la plus grande des cruautés, ce après nous avoir induit que nous étions guéris. L'amour, c'est pire que tout. Il n'y a rien de tel pour mourir jeune dans la plus abominable des souffrances. La vie, dans sa globalité, est un combat sans fin, d'une grande dureté et d'une injustice sans nom, mais l'amour est l'épée qui achève le soldat venant de livrer ses dernières forces. Il est le bourreau qui condamne l'être insensé coupable d'avoir voulu se sentir pleinement vivant. Croire en l'amour c'est donner du corps à la mort qui lui succède inévitablement. Seul, dans ce lit, sanglotant de longues minutes durant, j'ai lâché tout ce qui restait agrippé à mon cœur et me dévorait chaque jour un peu plus. La perte de ma grand-mère m'a plongé dans une mélancolie ténébreuse à laquelle je ne parvenais plus à m'extirper. La future fermeture du magasin m'enrageait et me désolait car malgré l'aspect parfois folklorique de cet emploi et l'environnement désastreux dans lequel j'exerce, ce que j'y ai trouvé n'existe probablement nulle part ailleurs. Chercher la femme de ma vie dans cette époque insupportable ne me causait que frustrations et découragements, et, le temps faisant son œuvre, cela m'éprouvait de plus en plus. Si j'ajoutais Katelyn que j'avais commis l'erreur d'aimer en silence, qui me renvoyait-là son indifférence à la gueule et se voyait prête à plier bagage à la seconde pour rejoindre son conte de féée pendant qu'elle était la seule nuance de couleurs un tant soit peu joviale et poétique dans cette vie insipide que fut la mienne... en cet instant, je sentais que j'allais exploser. Littéralement craquer. Je pensais tout envoyer balader, les voisins farfelus, cette femme pour qui j'osais prétendre avoir un semblant d'importance, même minime, et qui en vérité, ne me considérait pas davantage qu'un joli petit escargot croisé sur le muret un lendemain de jour pluvieux ; quitter mon boulot sur le champ, afin d'éviter la douleur des adieux et des « on se reverra » qui finissent en « jamais », prendre quelques bricoles, de quoi survivre plusieurs semaines, et partir loin, très loin, le plus loin possible, là où la vie aurait encore un semblant de sens, là où la liberté se déploierait, là où l'amour signifierait vivre, où je ne souffrirais plus, où je n'aurais plus aucune larme à verser, ni le moindre rêve à briser. Partir partout et nulle part à la fois, sans destination, sans but véritable, simplement explorer l'existence loin du vacarme, de l'indécence, de la médiocrité, de cette injustice que je ne parviens aucunement à supporter et qui développe chez moi un torrent de rage intrépide totalement hors de contrôle. Partir dans un endroit où ma vie aurait de la valeur, où ce que je suis trouverait l'espace d'exister et de s'y épanouir. Plus aucune limite, aucune règle, aucune barrière. Un endroit où plus personne ne me causerait de peine, de douleur, de déchirement, ni de désolation. Soudainement, je fermai les yeux. Je respirai profondément. Je me projetai dans ce lieu. Un lieu intriguant, mystérieux… et voilà que, doucement, mes sanglots s'apaisèrent, mon ventre se dénoua, et mon Mal s'atténua seconde après seconde. Je perçus le visage de mon grand-père maternel, décédé quinze ans plus tôt. Mon héros. Le regard vibrant, chaleureux, l'expression sereine, colorée. De blanc vêtu, avançant tranquillement vers moi, la gestuelle amicale. Je me senti enfin en sécurité. Avec lui, plus rien ne pouvait m'atteindre. Je pus me laisser porter. Cet amour-là ne me ferait aucun mal, au contraire. Je ne ressentis plus de douleur. Plus rien de ce qui pouvait me déchirer quelques minutes plus tôt n'eut la moindre emprise quant à mes émotions. Je fus où je devais être. Je me sentis bien. J'étais heureux. J'étais heureux…

Les jours suivants, je n'ai pas adressé plus de deux mots à Katelyn chaque fois que je l'ai croisé. Un regard furtif, un micro-sourire de façade, un « bonjour » ou « au revoir » et rien de plus. J'ai évidemment senti que mon comportement l'intriguait, l'inquiétait même, mais cela ne m'a pas impacté outre mesure. Je tentais de me fabriquer un état d'esprit dans lequel mes émotions véritables n'avaient jamais existé. J'oubliais que je l'aimais. Elle devait être désormais qu'une simple voisine. Un mécanisme de défense comme un autre, après tout… hélas, cela n'a pas duré. Après trois jours de froid, elle a fini par s'avancer vers moi, me fixer d'un regard contrarié, m'attraper par le bras et me demander : « Mais qu'est-ce que tu as, Jérôme ? Tu me fais la tête ? » d'un air visiblement touché par la situation. J'ai tenté de garder le masque mais la pression ne cessait de grimper en moi de façon difficilement contrôlable. Sous son insistance, un flux d'émotions m'a alors envahi et le mécanisme de défense s'est littéralement effondré sous mes pieds. Je n'ai jamais été très bon menteur, de toute évidence… je l'ai alors fixé, les larmes montant en moi furieusement, la gorge serrée, et à cet instant, elle comprit.

« C'est parce que je vais partir, c'est ça ? Tu m'en veux ? »

Je suis resté de longues secondes sans parvenir à prononcer un mot, ce qui a commencé à l'agacer.

« Parle-moi, Jérôme ! Dis-moi ce qu'il y a, enfin ! »

« Ce qu'il y a, c'est que *je t'aime*. » ai-je finalement lâché telle une bombe au milieu de la foule. Il y eut un instant de stupeur, un silence gênant. Je n'osais croiser son regard. Une douleur me déchirait les entrailles, ma respiration s'accélérait brusquement et l'émotion s'emparait de moi.

« Tu m'aimes ? » a-t-elle finalement répété, non sans surprise. J'ai hoché la tête sur l'affirmative, le regard posé sur le sol carrelé, les premières larmes glissant tristement le long de mes joues.

« C'est n'importe quoi… tu vas probablement ne plus vouloir m'adresser la parole, maintenant, mais… c'est vrai. Je t'aime. Je suis fou de toi. Je ressens des choses pour toi que je n'ai pas le droit de ressentir, aux vues de ta situation, mais je ne peux pas faire autrement. Je t'aime. Je te trouve sublime, forte, drôle, géniale, douce, sensible, attachante, à l'écoute, et ta présence m'apaise, tu n'as pas idée à quel point ! Quand je te vois, j'oublie tout, j'oublie la laideur du monde, j'oublie que je ne suis nulle part et que j'ai probablement raté ma vie, j'oublie à quel point je souffre de ne rien maitriser… quand je croise ton regard, ton sourire, que je ressens ta présence, je comprends que Dieu existe, qu'il n'est pas là pour rien. Une telle merveille ne pouvait pas exister sans raison, sans que rien n'ait de sens. J'aime entendre ta voix, j'aime ton rire, j'aime te taquiner, j'aime la façon dont tu demandes si je vais bien, j'ai vraiment la sensation que ce que je peux ressentir a de l'importance pour toi ; j'aime me confier à toi autant que j'aime t'écouter, j'aime rire avec toi, j'aime la femme que tu es, tes valeurs, ta façon de percevoir le monde, les gens… j'aime ta douceur, mais aussi ton caractère de vie, ta volonté, ta capacité à prendre les problèmes à bras-le-corps et les affronter avec panache, j'aime ta sensibilité, j'aime ta simplicité… Tu es la femme à laquelle tout homme qui se respecte aspire. Je sais que je n'ai pas le droit de ressentir tout cela, encore moins te le dire… et tu n'as pas idée à quel point ça me bouffe de l'intérieur, c'est un conflit permanent, c'est un calvaire ! Mais je ne peux pas lutter éternellement, Katelyn. Je t'aime. Voilà tout. »

Elle me fixait avec des yeux ronds et humides, visiblement subjuguée par ce que je venais de lui révéler. Mes larmes coulaient à flot, je m'affichais devant elle dans un état de vulnérabilité que je trouvais pathétique. Il y eut de nouveau un silence.

« C'est… c'est très courageux de ta part de me dire tout cela et… ça me touche énormément, c'est même un honneur pour moi ! Tu es un homme super, tu es gentil, tu es… tu es *vraiment* bien. Mais, malheureusement, je… je ne peux pas te donner ce que tu veux parce que j'ai quelqu'un, et… je l'aime, tu comprends ? Je ne fais pas ces choses-là. Je suis vraiment désolée, Jérôme… » m'a-t-elle alors répondu, les mains tout contre sa poitrine, les yeux emplis de larmes.

« Je sais, Katelyn, je sais… je ne te demande rien. » ai-je répliqué, sanglotant de plus belle, affalé le dos contre le mur du couloir. Je ne parvenais plus à me maitriser, je me montrais à nu devant elle, pleurant un océan de larmes, dévoilant toutes mes failles et cette souffrance qui me collait au cœur.

« Si tu ne veux plus me parler, je comprendrais… » ai-je ajouté, le ton morne, la mine déplorable, avant d'être immédiatement coupé : « mais pourquoi je ne voudrais plus te parler, Jérôme ? Juste parce que tu m'aimes ? Ça n'a pas de sens, voyons ! Au contraire, je te l'ai dit, c'est vraiment un honneur ! »

« Ah bon ? A ce point ? » l'ai-je interrogé, relevant le regard, un brin décontenancé.

« Mais oui ! Pour moi, c'est un honneur, parce qu'avant mon copain, je n'ai connu que deux mecs, des connards, des sales types qui m'ont enfoncé, m'ont usé, Jérôme ! J'ai longtemps pensé qu'aucun homme ne voudrait de moi, alors, par peur de la solitude, je suis resté dans ces relations toxiques qui ont bien failli me détruire. Alors, être aimée par un homme comme toi… ça me fait vraiment plaisir ! Mais comme tu le sais, j'ai trouvé un homme qui a su me remonter, me valoriser, m'offrir tout ce dont j'avais profondément besoin, et… je lui en suis reconnaissante tous les jours de ma vie ! Je ne sais pas comment j'ai pu avoir un homme tel que lui, et… je ne le trahirais jamais ! Tu trouveras, toi aussi, quelqu'un comme ça. Dehors, là, il y a une personne qui est faite pour toi, et qui t'attends. Il faut juste la trouver. Ça va arriver, Jérôme… au moment où tu t'y attendras le moins. Faut juste ne plus chercher comme tu le fais. C'est rarement via les applis et speed dating que ça fonctionne, tu sais… laisse le hasard faire les choses, et tu verras. » m'a-t-elle alors rassuré, d'une voix posée, emplie de bienveillance et de sa douceur envoûtante. Mon sanglot s'est peu à peu calmé, me permettant de reprendre douloureusement mes esprits ainsi qu'un semblant de fierté.

« Je t'aime comme un ami, Jérôme… je ne peux pas t'offrir davantage et j'en suis vraiment navrée… » a-t-elle conclue, l'air profondément empathique.

« Je sais bien, Katelyn. Je n'attendais rien, et je ne te ferai rien, pas le moindre mot ni le moindre geste déplacé ou… »

« Tu n'as pas besoin de le préciser, je le sais, je te connais. » m'a-t-elle coupé avec assurance. J'ai alors séché mes larmes, me suis redressé péniblement, ai croisé de nouveau son regard qui semblait vouloir m'extirper de la torpeur qui était la mienne, me rongeant les os jusqu'à la moelle.

« Je comprends que tu veuilles partir, c'est normal, et… je suis content pour toi. Mais… tu n'as pas idée de ce que c'est, ici, sans toi… » lui ai-je ensuite confié, repartant de plus belle dans ma crise de larmes, pris d'une profonde détresse terrassant mon être tout entier.

« Je pensais que… que je comptais un minimum… je ne sais pas… »

« Tu comptes, Jérôme. Arrête de parler comme ça ! On restera en contact et on se verra, je te le promets ! Si si, crois-moi ! Je tiens toujours parole. Tu es mon ami. Ce n'est pas parce que je veux partir que je t'oublierai, d'accord ? » a-t-elle martelé en m'agrippant l'avant-bras avec fermeté, le regard intense.

« Tu es mon ami. » a-t-elle répété avec conviction, se collant à moi, semblant fixer d'abord mes yeux, puis ma bouche, avant de reculer spontanément. Silence.

« Tu me le promets ? » ai-je ensuite demandé, l'index levé en sa direction.

« Je te le promets. »

Nous nous sommes fixé une bonne dizaine de secondes avant de nous enlacer le plus chaleureusement, à travers un instant où les lois de la gravité ne répondaient plus. Pour la première fois depuis des semaines si ce n'est des mois, je me sentais enfin libre. Léger comme le vent. Je me trouvais dans les bras de Katelyn, le secret enfin révélé, la douleur apaisée. J'ai soudainement pensé à quel point la vie était belle… tumultueuse, certes, mais d'une beauté inouïe. Nous sommes restés ainsi un long moment, nous offrant un tant soit peu de chaleur dans ce monde triste à mourir.

« Merci, Katelyn… »

« Merci à toi, Jérôme. Du fond du cœur. Vraiment. » m'a-t-elle glissé à l'oreille, achevant ainsi cet échange particulièrement singulier. J'ai ensuite regagné mon appartement empli de sensations nouvelles. Libéré d'un poids immense, tout semblait retrouver sens. Tout, en mon esprit, s'installait à sa juste place. Katelyn était maintenant une excellente amie, pour qui je ressentais une profonde tendresse sans égale et un amour contenu. Son copain était un homme bien qui la méritait. La femme de ma vie ne se trouvait pas dans cette maison. Ma grand-mère me manquait beaucoup et sa mort m'affectait ardemment, mais elle était mieux où elle se trouvait désormais, ne souffrant plus. La fermeture du magasin m'attristait, mais qui pouvait savoir de quoi l'avenir serait fait, et travailler dans un tel quartier toute ma vie ne fut aucunement une option. Les choses furent claires. Limpides. Il me fallait prendre ces maux avec combativité et affronter cette mauvaise passe qui me submergeait. Je n'étais pas le plus malheureux des hommes. Je pouvais m'en relever. Je pouvais compter sur Katelyn afin de m'aider à y parvenir… La vie est faite d'épreuves mais elle vaut profondément la peine d'être vécue. Pour cela, il suffit de l'apprivoiser avec davantage de bienveillance, de confiance et de légèreté. Aimer la vie… ne serait-ce pas là le plus bel amour que l'on puisse oser ?

CHAPITRE 6

UN LOURD PASSIF

En me lisant ainsi, la première pensée qui vient naturellement est que je suis un jeune homme hyper-sensible et particulièrement fragile, à fleur de peau. Pourtant… si ma sensibilité n'est plus à prouver, pour ce qui est de la fragilité, cela s'explique autrement. J'ai subi de la maltraitance durant des mois chez une nounou et son fils plus âgé lorsque je n'avais que trois ans. L'on me battait et m'y enfermait dans le placard des heures durant. J'ai subi d'autres maltraitances chez une autre nounou, à l'âge de sept ans, en compagnie de ma petite sœur. J'ai subi des abus sexuels durant ma jeune enfance par un membre du cercle familial relativement éloigné qui aura commis les mêmes méfaits à deux des femmes que j'aime le plus au monde. Pour ma part, je n'en ai aucun souvenir conscient, seulement des rêves répétés, ultra réalistes et glauques au possible, sans compter les nombreux symptômes que je porte avec moi depuis toujours. J'ai été témoin de scènes déplorables que ma sœur, la pauvre, a subie à de trop nombreuses reprises, et me suis engagé à recoller les morceaux, pièce après pièce, dépassant mon rôle de frère pour tenter, avec mes petits moyens, d'éviter la catastrophe annoncée, et ce, à un âge censé n'être qu'une bulle d'innocence. J'ai été victime de violences quotidiennes et témoin de scènes traumatisantes durant mes années collège, ayant développé en moi une rage, une haine viscérale et un besoin de violence qui m'auront collé à la peau durant de nombreuses années. J'ai échoué dans ma scolarité malgré des capacités évidentes, puis dans ma vocation artistique et me suis vu plongé dans l'errance plusieurs années durant. J'ai perdu celle que je considérais comme la femme de ma vie, par son père d'abord, puis par une erreur que je ne me pardonnerai jamais que l'on nomme adultère. J'ai perdu mon héros à l'âge de quinze ans. J'ai perdu mon chien avec qui j'ai grandi pendant dix-sept ans, qui était mon ami, mon frère de toujours. Je suis parti de chez mes parents sans travail ni logement, déménageant neuf fois en un an, déambulant d'une coloc' à une autre armé de quelques sacs et valises, me retrouvant même sans domicile heureusement pour une courte période, devant me battre chaque jour au travail, au Luxembourg, malgré les tâches qui m'étaient demandé et que je ne connaissais pas, les responsabilités auxquelles je n'étais aucunement familier, les bâtons dans les roues que je subissais de la part d'une personne et des problèmes d'organisation évidents. J'ai souffert de problèmes d'alcool et d'addiction à la sexualité, sous toutes ses formes. J'ai vécu un burn out et ai frôlé la tentative de suicide en 2020. J'ai été trahis, déçu et bafoué un nombre incalculable de fois en amitié ainsi qu'en amour, me poussant depuis à privilégier la simple camaraderie en guise de vie sociale et développer un léger ressentiment envers les femmes malgré l'admiration sans égale que j'éprouve pour une partie d'entre elles. Mais malgré tout ce désastre résumé en quelques lignes, rien, à mes yeux, n'est plus effroyable que la perte. Qu'elle survienne par la mort, par une rupture, ou par la distance géographique, elle est un abandon qui me dévore de l'intérieur jusqu'à ne plus rien y laisser. J'ai intégré l'idée que, me concernant, la vie ne serait jamais ce que j'aurais souhaité, et donc suis conditionné à affronter des épreuves, travailler dans des emplois sans avenir et aux conditions parfois lamentables, subir des périodes de tempêtes, et ce bien souvent sans broncher, comme une forme de résilience lorsque l'existence n'a été que souffrances et désillusions, du moins, suffisamment longtemps pour en éveiller le sentiment. Mais lorsqu'une rencontre survient dans cette piètre existence dénuée de saveurs et d'éléments solides remplissant le vide qui me consume, comme une vie professionnelle épanouie, LA femme à mes côtés, des enfants, une maison, des voyages, des projets stimulants, lorsque tout cela reste enfoui dans un coffre sellé et condamné, que reste-t-il d'autre que ces rencontres inattendues ? Dans ce contexte, elles prennent une place centrale, illuminent le tableau, et font office d'antidote raccrochant à ce que devrait être la vie, si la justice et la véritable liberté existaient. Perdre ces êtres et continuer à vivre l'insipide lorsque l'on a expérimenté l'amour, la joie, l'aventure et l'euphorie des jours heureux est le plus terrible des supplices. Cela pousse à s'interdire d'aimer, de s'attacher, et donc de vivre, par crainte de la souffrance inévitable. Cependant, l'insipide ne fait pas mal. L'insipide, c'est le quotidien sans couleurs, sans étreintes, sans éclats, mais également sans larmes, sans aucun abandon, sans violences ni désillusions. Une vie entre parenthèse dont il ne restera rien mais où auront pu être expérimentées quelques sources de satisfaction, de plaisir parfois, des rencontres sympathiques, des moments de franches rigolades, des petites victoires, de minimes fiertés. Cela permet de toucher du doigt l'équilibre, aussi loin des étoiles que des ténèbres. Cela en devient rassurant. Tel un plaid chaud et moelleux dans lequel on s'enroule durant un soir pluvieux devant une série Netflix. Ce n'est pas *la vie*, telle qu'elle devrait être lorsque l'on est jeune et en bonne santé, mais le sentiment de sécurité, de calme et de paix en devient tellement enivrant que l'aventure et la souffrance qui en découle, dehors, sous cette pluie battante, n'éveille plus aucun désir. La flamme s'étiole puis s'éteint lentement, d'un commun accord, signant-là le début d'une autre forme d'existence censée démarrer beaucoup plus tard dans le fil d'une vie mais qu'importe. L'âge n'est qu'un chiffre. Ce qui fait la jeunesse ou la vieillesse, le désir ardent d'expériences, de rencontres, de défis, ou au contraire le besoin de tranquillité, de silence et de sérénité sont définis par ce que notre histoire nous inculque. Lorsque la vie est un jeu et une fête, alors nous restons jeunes et insouciants jusqu'à ce que la réalité de notre biologie physique vienne y mettre un terme. Mais lorsque la vie est un parcours du combattant sous un ciel d'automne quasi permanent et que vivre amène de la

souffrance, cette jeunesse s'évapore à petit feu et lentement nous déclinons vers un autre soi, une autre façon d'aborder le quotidien, l'avenir. Les centres d'intérêts évoluent, la façon de les apprivoiser également, l'idéal change de visage, et la solitude devient un excellent compagnon.
Lorsque Katelyn partira, je reviendrai à l'insipide et cela m'ira. Mais tant que la douce sensation, scintillant mes pupilles et emballant mon pouls, m'est encore permise, je la savourerai tel un condamné à mort dégustant son dernier repas. Tout ce qui ressemble à la vie est un joyau à chérir jusqu'au dernier instant…

Tout à l'heure, en rentrant du travail, je me suis surpris au milieu d'Edouard et Steven, juste devant l'entrée de la grande maison, discutant un long moment, sans ressentir, ne serait-ce qu'une seconde, la volonté de fuir à corps perdu jusque chez moi afin d'écourter ce qui me semblait, il y a encore quelques jours seulement, un véritable calvaire. J'ai partagé une demi-heure de mon temps avec ces deux hommes farfelus, et aussi étrange que cela puisse paraitre, j'ai apprécié ce moment. Edouard a raconté, avec le talent inné qui est le sien, comment ses amis peuvent l'amuser, en soirée, lorsqu'il leur demande s'ils parviennent à pénétrer leur gros orteil dans la bouche, avant de constater, goguenard, que lui seul semble en être capable. Par je ne sais quel chemin, la conversation a bifurqué jusqu'à le pousser à enfoncer un stylo dans sa barbe fournie et négligée, me fixant de ses grands yeux ronds, lâchant un « voilà. Comme ça, je ne perds pas mon stylo ! » pendant que je m'esclaffais sans retenue. Oui, Edouard est un ovni, mais il n'en reste pas moins sympathique et d'une drôlerie naturelle. Lorsque la dépression vous plonge dans les abysses, appelez Edouard, passez dix minutes en sa compagnie, et vos problèmes s'évaporeront aussitôt ! Steven m'a également étonné. Habitué à ses apparitions fugaces et ses doigts d'honneur assumés, j'ai découvert-là un homme simple, chaleureux, doté de beaucoup d'humour, et, comme moi, ayant beaucoup souffert. Cette discussion s'est montrée si agréable et si animée que Katelyn en est sortie de son appartement au fond du couloir, côté droit, observant en notre direction, me fixant d'un air amusé, pendant que je riais à cœur joie entouré de mes deux acolytes si atypiques. Lorsque l'on ouvre la porte à l'inconnu, que l'on décide de l'apprivoiser comme il est sans le moindre jugement, de lui accorder un peu de notre temps ainsi que de notre attention, alors l'inconnu nous surprend et nous apporte. Voilà la leçon que je retiendrai de cet instant.

Lorsque je ferme les yeux et que je me laisse partir au pays des songes, les mêmes images, les mêmes flashs dansent continuellement en mon esprit. Je me vois au milieu des montagnes verdoyantes, sous un soleil de plomb, observant ses reflets colorant de son éclat un immense lac d'un bleu turquoise absolument époustouflant. Derrière moi se tient un grand chalet d'un bois brun massif et élégant, encerclé d'un terrain de pelouse sur lequel gambadent une ribambelle d'animaux, un chien, un chat, des chèvres, des poules… je me vois rire généreusement, l'œil brillant, le visage lumineux et d'une grande sérénité, pendant que devant mes yeux gesticule mon enfant dont je ne parviens à dessiner les traits mais dont je perçois son bonheur, son énergie vibrante. Apparait soudain, sur ma gauche, une femme aux allures de Katelyn, sans être-*elle* pour autant, comme si mon inconscient avait parfaitement accepté les règles auxquelles se tenir, même dans les rêves, pourtant terrain de toutes les permissions. Cette femme à la silhouette familière mais au visage inconnu se tourne alors vers moi, m'observe d'un large sourire épanoui, puis s'approche de l'enfant et le prend dans les bras le plus chaleureusement du monde. Je me perçois observer l'ensemble comme si tout était à sa place, dans la perfection la plus totale, et qu'enfin, je pouvais lâcher-prise, me libérer de ce poids qui me consume depuis toujours ou presque, et me laisser *vivre* pour la première fois de mon existence. Comme si, enfin, mes aspirations profondes m'étaient offertes, sans craindre aucune sentence, aucune souffrance, aucune perte que ce soit à l'avenir. Dans d'autres flashs et d'autres rêveries, je me trouve dans une grande pièce faisant probablement office de bureau, au sein d'une jolie maison de campagne boisée décorée avec soin. Sur ma droite, une bibliothèque longeant le mur, emplis de livres mais aussi de disques, de vinyles en tous genres, pendant que devant mes yeux se trouve un écran d'ordinateur, et que mes mains tapent généreusement sur le clavier, écrivant un texte que je ne parviens à déchiffrer. Tout à coup, j'entends une voix survenir dans mon dos. Une voix d'enfant. Cette voix me dit « papa ? », le ton enthousiaste et innocent. Subjugué, je me tourne alors, découvrant une très jeune fille me fixant avec tendresse, gigotant d'impatience, sans ajouter le moindre mot, me laissant là dans l'expectative. Une autre rêverie, encore, dans laquelle je déambule au milieu d'une large cave fraiche où l'odeur, forte et typée, m'est immédiatement reconnaissable. J'observe autour de moi, percevant des dizaines et des dizaines de fromages tous plus sublimes les uns que les autres, profitant d'un affinage doux et reposant dans le silence le plus saisissant. Plus beau est le rêve, plus délicat devient le réveil... mais je prends goût, toutefois, à concevoir ces rêves faisant office de désirs refoulés, lorsque par le passé, mes nuits se voyaient être le plus souvent théâtre de mes névroses, de mes angoisses profondes, rejouant mille variantes de mes traumatismes, usant de mon imaginaire particulièrement développé afin de les rendre plus chaotiques et terrifiants encore. De plus, je remarque et ressens profondément des changements notables et particulièrement agréables au sein même de mon fonctionnement intérieur, psychologique, ainsi que dans mon rapport à l'autre, à la vie. Ce qui me plongeait autrefois dans des crises de sanglot interminables est désormais pleinement contrôlable. Ce qui me provoquait des colères apocalyptiques me rendant totalement ingérable pour les autres me fait aujourd'hui éveiller une pointe d'agacement qui se dissout naturellement dans un délai de plus en plus court. Je me prends même, parfois, à observer le monde, les gens, la vie autour de moi, et apprécier ce qui est, comme cela est, sans ressentir le besoin de m'évader ni de vouloir y changer quoi que ce soit. Je m'autorise désormais à exprimer mes sentiments, dire le bien que je pense des gens que j'aime et que j'estime, je remarque l'ensoleillement que cela apporte sur leur visage et cela me nourrit d'une nourriture inestimable. J'aime l'idée de maitriser ma part d'ombre afin de ne plus en être l'esclave, dans la volonté d'offrir à mon entourage le meilleur de ce que je suis, apporter du positif autant qu'il m'en est possible, et très sincèrement, malgré quelques défauts persistants et cette mélancolie qui ne me quitte jamais fort longtemps, j'aime l'homme que je suis en train de devenir. Le travail sur soi ne me permets guère d'être heureux, du moins pour le moment, mais a le mérite d'apaiser les batailles incessantes qui sévissaient jusqu'alors en mon esprit torturé et de me permettre d'aborder l'existence sous un regard en mouvance constante, redécouvrant chaque jour les merveilles de la vie tel un enfant à qui l'on n'avait encore jamais volé l'innocence. Chaque pas menant à la paix se doit d'être salué.

CHAPITRE 7

RESPIRER

Profitant d'une semaine de congés salutaire aux vues de tous ces évènements récents, j'ai décidé de faire mes bagages et me diriger non loin de là, dans la commune de Contrexéville, dans les Vosges, une magnifique région rurale. Contrexéville ressemble à beaucoup de petites bourgades comme la France moderne en compte par dizaines. Les ronds-points à foison, la zone commerciale emplie de chaines de grande distribution se défiant au travers de larges hangars en métal, les quartiers résidentiels peuplés de jolies petites maisons avec jardins où sont toujours garées des voitures familiales un brin boueuses sur le bas de la carrosserie ; puis le centre, ou le bourg, où tentent de survivre petits commerçants et petits restaurateurs, un ou deux hôtels, et même une gare ferroviaire, légèrement excentrée, semblant éternellement en travaux ; la petite église modeste mais charmante, entretenue, dont l'odeur de bois me rappelle des souvenirs d'enfance, du temps du catéchisme et des messes de Noël au village. Enfin, un peu plus loin, des champs à perte de vue, le tout jonché de hautes collines colorées de verdure longeant le cadre tout du long. Une commune rurale tout ce qu'il y a de plus classique… Pourtant, ici, j'y ai ressenti des émotions de l'ordre du coup de cœur véritable. La première fois que j'y ai mis les pieds, je m'y suis senti tellement bien, tellement relâché, tellement serein, j'ai tant aimé les mentalités de ces gens simples mais généreux de l'âme que j'ai pu rencontrer, que partir m'avait causé une violente déprime carabinée. Ici, le temps se pose, l'on ne court plus après l'horloge, les journées semblent gagner des heures. *Le temps…* cette notion dont nous ne chérissons la valeur que lorsque nous le perdons. En ville, le temps nous échappe, nous en perdons la maitrise, il nous domine en chaque instant. Les distances sont considérables, les routes sont bondées, les transports rendent fou et épuisent, les problèmes s'enchainent jusqu'à ne plus en percevoir le fond. La paperasse, la paperasse et encore la paperasse… les factures, les manquements des uns et des autres qu'il nous est imposé de rattraper au plus vite, ce malgré ce temps qui fuse et nous glisse entre les doigts. S'organiser, créer un planning à mettre en œuvre durant les rares moments de notre temps où le travail et les transports n'ont aucune emprise. Passer la moitié, si ce n'est les trois quarts, de notre petit temps libre à effectuer des corvées, des rendez-vous médicaux, administratifs, passer des appels téléphoniques, chercher des bricoles je ne sais où avant de courir récupérer des papiers ou des informations à l'autre bout de la ville en un temps record, si les transports en commun ou le trafic routier nous le permettent. La vie citadine, qui plus est avec un emploi en horaires de journée et de longs trajets, est une source d'épuisement moral et physique trop souvent négligée. Alors lorsque le temps m'en accorde le droit, je fais mes valises et me dirige là où l'horloge ralentie sa cadence et me laisse enfin respirer.

Etant d'ordinaire d'une nature solitaire et d'un tempérament très casanier, ici, je deviens un autre. L'on me voit me promener dans le bourg tôt le matin après le petit-déjeuner, puis à l'église, prier et me recueillir, puis au milieu des champs, marchant des kilomètres durant, avant de manger au bistrot, discuter et rigoler avec les tenanciers et les clients habitués les coudes posés sur le comptoir. Ensuite, l'on me suit direction la grande forêt de Vittel à cinq kilomètres de là, à pieds, toujours, puis revenir le soir, pour le souper, avant de m'assoir quelques heures tranquillement dans le jardin, observer les étoiles scintiller, ressentir le vent doux et frais caresser mon visage, me laisser porter par un silence revigorant, un silence qui sonne en moi comme une symphonie faisant l'éloge du repos bien mérité ; et finalement m'écrouler comme une masse sur le matelas, tomber du sommeil le plus heureux. Je me sens revivre. J'ai enfin *le temps*. Faire ce que je veux quand je le veux, profiter du calme si vivifiant, du silence si pénétrant, découvrir les petits commerces, les produits locaux, les vendeurs et les artisans, les retraités, les saoulards, les religieux, les hôteliers, ou cette caissière de supermarché m'applaudissant, le rire aux lèvres, accompagnée par un couple de retraités, tout sourire également, pendant que je parvenais à revenir avec un fromage finalement étiqueté situé à l'autre bout de la grande surface, ce, en moins d'une minute montre en main (plutôt en forme, pour un fatigué…). Cogner malencontreusement mon panier contre celui d'un inconnu à l'entrée d'un rayon au sein d'un autre magasin, s'excuser poliment et recevoir un sourire chaleureux suivi d'un « oh, ce n'est pas grave ! », la gestuelle exprimant une tranquillité d'âme et d'esprit qui me touche spontanément. Observer un employé de la commune diriger une sorte de mini lance-flammes aux bords des trottoirs comme si tout était normal. Suivre une voiture militaire datant certainement de la Seconde Guerre Mondiale prendre possession de la route principale sous un vrombissement rappelant les temps révolus, entendre le conducteur klaxonner fièrement devant chaque piéton croisé en sens inverse, le tout en braillant tel un supporter éméché le soir d'une victoire à la Coupe du Monde de football. La campagne est un monde à part entière. Un monde qui survit, loin de Paris, loin des élites, des grandes décisions ainsi que des grandes évolutions de notre société. Loin de l'attractivité économique. Dernier garant d'un modèle de commerce en voie de disparition. Dernier représentant du goût du travail bien fait, du travail digne, que l'on pratique dans la joie, en prenant le temps nécessaire, dans le plaisir du contact humain véritable, un travail dont le résultat empli de fierté, d'un certain sentiment d'accomplissement parfois. Mais également symbole de cette France qui meurt, jonchée de grilles définitivement fermées, de multinationales s'implantant partout, même au milieu de nulle part, détruisant la concurrence sans aucune pitié, embauchant

éternellement en contrats à durées déterminées, exploitant la jeunesse pour trois sous et jetant les bras, les exploités, au gré de l'humeur du moment ; les déserts médicaux ; les déserts culturels, éducatifs ; les perspectives d'avenir pour le moins limitées ; un désintérêt de la jeune génération pour les traditions locales, leur histoire, leur patrimoine, préférant consommer, s'habiller et s'exprimer comme des banlieusards sans en être, sans en partager ni les valeurs, ni le mode de vie, ni le parcours, simplement par mimétisme désuet traduisant un vide identitaire sidérant. La campagne est un monde qui m'appelle autant qu'il me désole. Je ressens ce monde comme un immense potentiel lamentablement gâché au profit d'un autre monde, celui citadin, qui, lui, bénéficie du soin prestigieux qui lui est accordé, de sorte que son économie, sa culture, son éducation, ses soins médicaux ainsi que sa manière de faciliter continuellement le quotidien attirent les survivants du monde d'avant, quitte à ce que ces derniers y laissent la meilleure part d'eux-mêmes.
Durant mes longues promenades ressemblant plutôt à d'authentiques randonnées, je fais le vide. Le smartphone ne m'est utile, ici, que pour m'indiquer l'heure et me réveiller le

matin. M'étant déjà définitivement éloigné des réseaux sociaux depuis plusieurs années et ayant cessé de suivre les chaines d'informations en continue, ces vacances sont pour moi l'occasion de me couper du monde autant qu'il m'est possible de le faire. Je suis là, je suis présent, ici et maintenant, à cet endroit avec lequel je ne fais qu'un. Une sorte de méditation éveillée, yeux grands ouverts, corps actif, marchant continuellement, encore et encore, rappelant un certain Jésus qui eut parcouru des dizaines et des dizaines de kilomètres à pied au service de sa foi qui l'habitait jusque dans sa chair, dévoilant son message, sa vérité à qui voulut bien l'entendre. Je ne suis pas ce que l'on peut appeler un religieux ni un fervent pratiquant, mais j'éprouve pour Jésus un amour, une admiration ainsi qu'un profond respect qui m'ont poussé à lire les Evangiles afin de connaitre sa parole, puis tenter d'en apprendre davantage concernant son histoire, répertoriée par de nombreux historiens, comprendre son mystère, qui il fut véritablement. Je ne crois pas la moitié des histoires rocambolesques racontées dans la Bible, mais y perçois des métaphores, des messages spirituels qu'il faut lire entre les lignes. Le catholicisme ayant été autrefois une religion puissante et respectée, se voit aujourd'hui faire office de paillasson sur lequel le monde moderne piétine copieusement, abusant de sa miséricorde affichée et, disons-le, de sa faiblesse, nuisant à son image en chaque occasion, allant même jusqu'à blasphémer ouvertement la cène de l'Eucharistie pendant la cérémonie d'ouverture des Jeux Olympiques de Paris ! Bien entendu, ce genre d'inspirations ne serait pas venue à l'esprit du metteur en scène et n'aurait jamais été validée par les autorités compétentes si cela avait touché les deux autres religions monothéistes que nous connaissons, pour des raisons évidentes... Cette lâcheté normalisée, propre à notre époque, me provoque une sensation de dégoût, comme un besoin de ne plus en être, de ne plus compter au milieu de ce déclin organisé dans lequel je me vois, comme des millions d'autres, obligé d'y souscrire et d'y participer consciencieusement. Que la religion catholique ne puisse plus profiter du même monopole, de la même puissance qu'autrefois ne me dérange aucunement. Mais détruire ce qui a bâti la civilisation dans laquelle nous évoluons, pour imposer des mœurs, des idées, et des valeurs qui n'ont de sens et d'attrait qu'en certains cercles sociologiques très restreints et ultra minoritaires sur l'ensemble du pays et du monde occidental en général ; cela est tout simplement écœurant. Y-a-t-il encore une place pour le Beau dans notre société ?

Ce soir, en observant ces étoiles emplissant ce ciel de nuit d'été, je n'ai pu m'empêcher de nourrir une pensée pour Katelyn. Son magnifique visage m'est alors apparu, ce genre de visages semblant être dessiné de la main divine tant la beauté qui s'y dévoile frôle la perfection. J'ai revu son regard tendre, son sourire contagieux et addictif. Bien sûr ses courbes, également, ainsi que sa chevelure attractive, maitrisée, parsemée d'objets décoratifs colorées d'un rose bonbon, agréables à l'œil. Bon sang, ce qu'elle est belle... Lorsque je me vois plongé dans une époque que je juge laide et extrêmement décevante ; contempler, même mentalement, la somptueuse beauté de Katelyn revigore ce que je pensais perdu à jamais. Je l'ai imaginée, subitement, assise à mes côtés, se laissant portée par l'émerveillement de ce ciel tout droit sorti d'un poème, et de ce léger vent frais qui ferait danser les pointes de ses cheveux ; j'ai ressenti sa présence qui serait, dans ce cadre, l'élément me menant tout droit au Paradis sur Terre ; je l'ai imaginée se tourner ensuite vers moi, me fixer de ses yeux exprimant à la fois un certain accomplissement dans sa vie de femme et dans le même temps une fragilité évidente, comme une flamme éteinte malgré elle, dans le silence de ses secrets. J'ai imaginé une vie où je pourrais, à cet instant, lui dire de nouveau que je l'aime et qu'elle m'est désormais indispensable, et qu'au lieu de craindre sa réaction qui me rappellerait les règles auxquelles j'ai souscrit, l'entendre au contraire m'avouer qu'il en est de même pour elle et que, finalement, l'élu serait moi. J'ai imaginé ce que ces mots me feraient ressentir, et me suis vu rire de bonheur, d'une joie presque enfantine, avant de basculer subitement dans la réalité, ce réel où je suis seul sur ce long transat et qu'elle se trouve quelque part, au Luxembourg, dans les bras du copain idéal, de l'homme de sa vie, le vrai, celui qui aura le luxe de croiser son regard chaque matin au réveil, dans leur future maison, et ce pour le restant de ses jours. Je pense décidément ne pas être fait pour l'amour…

CHAPITRE 8
UN AVENIR RADIEUX

De retour dans ma vie quotidienne après cette semaine vivifiante me faisant l'effet d'une cure d'oxygène qu'il m'est toujours délicate d'achever, je suis rentré chez moi, dans cette grande maison au milieu de la jolie petite ville de Bettembourg, me faisant, comme de coutume, plaqué au mur par la concierge m'attaquant de son tact naturel à la seconde où mon pied eut franchis la porte d'entrée, puis alpagué par Edouard, sortant les poubelles, me racontant comment il avait failli oublier de s'habiller, ce matin-là, dû à une envie pressante l'ayant poussé à rejoindre les toilettes à l'instant où l'idée de se vêtir était entrée en son esprit un brin endormi. Katelyn était absente, ce qui n'arrangeait rien, me provoquant un soupçon de déception faisant office de goutes de citronnade parfumant un cocktail dépressif particulièrement chargé. Deux jours plus tard, je suis finalement retourné au travail, retrouvant la laideur du quartier de la gare, ce bruit permanent, cette foule sans visage où le luxe le plus somptueux croise la pauvreté la plus exécrable dans un semblant de normalité, puis ait rejoint mes collègues, me provoquant spontanément le retour de ce sourire que j'avais laissé à Contrexéville, reprenant mon rôle de vendeur, d'employé de commerce, comme s'il ne m'avait jamais quitté, déambulant dans cette magnifique boutique où règne une atmosphère familiale agrémentée d'un zeste de liberté que je savoure en chaque instant. Madame Claudine était absente, ce qui m'intriguait. J'apprenais ensuite qu'elle était en réunion auprès de la direction. Une certaine appréhension m'enivrait alors. A son retour, observant son regard humide, son air d'enterrement et sa démarche grave, j'eut immédiatement compris.

« On ferme à la fin de l'année. Soit dans quatre mois, environ. »

Cette annonce m'a provoqué une double sensation. D'abord la stupeur, puis le soulagement. La stupeur car l'épée de Damoclès tombait de manière réelle et concrète ; le soulagement ensuite de *savoir*, d'obtenir *enfin* une information qui nous permettrait d'entrevoir l'après, de le préparer et peut-être mieux l'encaisser. Les larmes ont dansé, dans les minutes qui ont suivi, sur les joues de ces femmes pour qui cette boutique constituait la majeure partie de leur vie professionnelle, si ce n'est la totalité. Concevoir un « après » à quelques pas de la retraite lorsque l'on a écoulé vingt, trente ans de son existence au même endroit, avec les mêmes êtres, lorsque l'on y a évolué, de jeune femme à mère, laissant parfois sa progéniture fouler le sol de la boutique à l'âge de l'insouciance, avant de la voir grandir, jusqu'à devenir adulte à son tour et croiser les autres collègues comme de vieilles connaissances de toujours. Lorsque cette boutique vit dans le cœur d'une femme, comment l'effacer et repartir à zéro, dans un ailleurs qui lui est inconnu et des plus inquiétants ? Comment digérer cette perte, lorsqu'elle est causée par de mauvais choix, de mauvaises décisions, un manque de croyance évident, une mauvaise gestion, au sein d'un joyau dont le potentiel est lisible à des kilomètres pour qui a de l'idée et un tant soit peu d'audace ?

Comment fermer le rideau d'un commerce où il fait bon vivre, où les employés sont libres, rient, se confient et pleurent parfois, où les bons clients sont accueillis par leur prénom, pendant que le nouveau modèle brille de son inhumanité absolument déplorable ? J'ai observé les visages tristes de ces femmes que j'affectionne, et, me contenant dans ma carapace que je connais jusque dans les moindres détails, j'ai tenté de garder au fond de mon antre ce fleuve de chagrin qui m'emparait sournoisement.

Au travers de ces périodes brumeuses de changements à venir, il est courant de se projeter, tenter de dessiner une suite convenable et possible, car, comme dit plus tôt, la perte ne signifie pas la fin, dans le sens définitif du terme, mais plutôt la conclusion d'un chapitre, avant qu'en naisse un nouveau, qui prend généralement la forme que l'on souhaite lui attribuer. S'il on décide que demain sera une catastrophe, il y a de fortes chances pour qu'il en soit ainsi. S'il on décide, au contraire, que demain sera une opportunité, on laisse une chance à la vie de nous surprendre et peut-être de nous révéler. En ce qui me concerne, je me sais coincé dans une existence par défauts et je l'ai pleinement accepté. Toutefois, partant de cette idée où la vie continue son chemin quoi qu'il advienne des épreuves endurées ; des envies, des désirs se dévoilent timidement. Pourquoi ne pas chercher à intégrer une chaine de magasins bios ? Tenter de gagner en responsabilité ? Ou créer ma propre boutique ? Ou me diriger vers un domaine totalement différent ? Mais lequel ? Et comment ? De multiples questionnements envahissent alors ma charge mentale quelque peu surmenée. Dans quatre mois, du jour au lendemain, ma vie changera du tout au tout. Je pourrais soit subir, soit tirer cette situation un tant soit peu à mon avantage. Mais les difficultés sont légion. Le monde du travail moderne ne provoque en moi un quelconque intérêt, quel que soit le domaine affilié. A mes yeux, le travail est simplement un moyen de remplir le frigo, payer les factures, et vivre avec un semblant de dignité. Bien sûr, mieux vaut en trouver un qui corresponde à nos attentes, ne nous rende pas malade, et remplisse nos journées de manière relativement satisfaisante. La passion, c'est la passion, mais lorsqu'elle devient un métier, alors, très rapidement, elle s'étiole et perd tout son sens. La vocation, voilà un magnifique moteur, mais elle se doit d'être corrélée à un système, un cadre lui permettant de s'épanouir pleinement, autrement, c'est la chute libre, car l'on y déploie beaucoup trop de soi pour que les déceptions et les échecs ne puissent nous atteindre. Combien d'artistes blasés ? Combien de policiers, d'infirmières, d'artisans, de professeurs, de maires et d'éducateurs découragés ? Lorsque l'économie dirige tout et se voit être la seule loi qui vaille, aucun métier ne peut répondre à la passion ni à la vocation véritable. Alors pour ma part, remplir des rayons et échanger avec des clients et des collègues sympathiques me va très bien. Ce qui compte profondément s'exprime ailleurs. Mais ce qui compte profondément ne trouve suffisamment d'espace nécessaire pour remplir le vide qui vit en moi depuis toujours. Mes allants artistiques sont avant tout thérapeutiques et donc ne peuvent correspondre aux attentes du marché. Mon besoin de réconfort et de romance me pousse à chercher LA femme qui daigne vouloir se montrer, et lorsqu'elle y correspond pleinement, un élément vient constamment gâcher la fête censée en découler. La distance, la différence de milieux sociaux, un autre homme... dans la finalité, malgré les rencontres et les espoirs qu'elles suscitent, je reste seul, à aborder l'existence comme il m'est possible de le faire, combattre mes démons seul, pleurer seul, souffrir seul, puis me relever seul, faire jaillir la lumière seul, et épouser les jours seul. Voilà ce qui me broie l'estomac. Le travail, c'est le travail. Mais construire, vivre et révéler mon plein potentiel est tout ce qui peut m'élever vers ces nuages dansant la prospérité qui m'appellent à les rejoindre. Je me vois les observer, de mes yeux tristes, les pieds enfoncés dans la boue. Lorsque je parviendrais à résoudre l'équation de mon existence, alors la vie me montrera un tout autre visage insoupçonné. Je me dois de continuer le combat. Je dois lutter, affronter mes maux, et les difficultés que la vie a placé devant chacun de mes pas. Il s'agit là d'une guerre dans laquelle je suis le seul soldat. D'autres m'observent, m'encouragent ou me dénigrent, tout autour, mais sur le front, il n'y a que moi. Tant que je suis en vie, tant que je respire et que je marche, je me dois d'avancer. Quel que soit l'ennemi, malgré les balles sifflant le long de mon corps. Lorsque je m'affaiblis, que la fatigue et la douleur me consument, alors je m'écroule un moment, me tourne légèrement, le regard porté vers le spectre de mon grand-père, la douceur de ma mère, la force de ma sœur, les mots touchants de ma défunte grand-mère, la chaleur de mon chien disparu, le souvenir de cette femme que j'ai tant aimé, ou le regard tendre et affectueux de Katelyn. Je possède les armes pour affronter mes tranchées. Un jour, je n'aurai plus besoin de me battre, d'avoir peur, de m'accrocher à l'espérance. Je pourrai simplement apprécier le bonheur d'un nouveau matin ensoleillé ; un « je t'aime » de cette femme, encore inconnue, que j'aurais tant prié ; apprécier de pouvoir me comporter en grand enfant auprès de ma progéniture, oubliant tout l'ennui et le trop plein de sérieux emplissant tristement le monde des adultes ; savourer l'idée que mes mots puissent apporter, toucher, et alors, enfin, je serai libre, je serai moi, je serai un homme heureux…

Merci à ma mère, ma « mamoune » adorée.

Merci à ma petite sœur à qui je dédie le premier chapitre.

Merci à Mme Sabine pour son soutien, comme à l'habitude.

Merci à mon psychanalyste et son engagement remarquable, sans lequel je ne pourrais évoluer vers un nouveau moi qui m'empli d'espérance.

Merci à celle qui m'a inspiré l'un des personnages centraux de cet ouvrage pour l'avoir accepté, pour être une amie avec un « A » majuscule et m'apporter soutien, écoute et bienveillance en chaque occasion.

Merci à vous qui me lisez. Si mes mots parviennent à vous toucher, alors je suis le plus heureux des hommes…

DU MÊME AUTEUR :

. LE TEMPS DE L'ESPERANCE (BoD) 2023

. SOUS LES ETOILES (BoD) 2023

. RUPTURE (BoD) 2022